AF440218

manuel mora morales

Leyendas y mitos de las Islas Canarias

ISBN: 9798749323566

Índice general

Mitos y leyendas

El misterio de la luz del Llano de Mafasca

Hace muchos años, llegó a Fuerteventura una señora de alta alcurnia. A su servicio, trajo dos criados, conocidos con los nombres de Sergio y Pancho. El primero falleció en un desgraciado accidente que tuvo lugar en una punta cercana a Gran Tarajal, donde había ido a pescar con su compañero. Cuando este regresó solo a la casa de su dueña, contó que un golpe de mar había derribado a Sergio, que no logró alcanzar la orilla a nado, y que él no pudo socorrerle porque las olas eran gigantescas.

Un tiempo después, murió la señora de un accidente terrible: cayó dentro de un algibe sin agua y se partió la cabeza. Los alguaciles sospecharon de Pancho, pero no pudieron demostrar nada y lo dejaron en libertad a los pocos días. Cuando esto ocurrió, todo el mundo pensaba que el sirviente había quedado como dueño de una gran fortuna, puesto que su ama poseía cuantiosas riquezas y no tenía a nadie más en el mundo. Pero la gente se equivocaba: todo el dinero de la dama estaba enterrado en alguna parte que jamás reveló a nadie. Sólo el viejo Elicio Barroso lo podría haber sabido, puesto que él había sido el encargado de ocultar el tesoro; pero había muerto de tifus en los tiempos de la epidemia y se había llevado el secreto a la tumba.

Naturalmente, Pancho buscó el tesoro hasta que sus fuerzas y sus ánimos quedaron extenuados. Nada encontró. Incluso, tuvo que abandonar la casa, ante la reclamación de un comerciante de Puerto Cabras a quien su dueña no había cancelado cierta deuda pendiente. De esta manera, se quedó en la más completa miseria y se vio en la necesidad de mendigar para sobrevivir con la caridad ajena.

Una tarde estaba limosneando en Tiscamanita y le sorprendió la noche en un camino solitario. Allí encontró a una preciosa joven. Tan pronto la vio, comenzó a decirle requiebros amorosos, pero ella le replicó que se marchara, que no la tocase, que no deseaba nada con él. En lugar de hacerle caso, Pancho la cogió por los hombros e intentó besarla. Ella se resistió y le dijo que la dejase en paz porque si continuaba forzándola, lo convertiría en un cernícalo.

Pedro se rió. No sabía que era bruja. La tomó por la cintura. Luego comenzó a quitarle la ropa. Sin embargo, no había terminado de arrancarle su blusa, cuando el mendigo sintió que en lugar de boca poseía pico y donde antes calzaba botas ahora llevaba garras. Quiso gritar y escuchó un chillido de cernícalo que salía de su propia garganta. Miró hacia abajo y vio el suelo muy lejos. Entonces movió aterrorizado las alas, pero no sabía volar y fue descendiendo hasta que cayó en el Llano de Mafasca.

Tan pronto estuvo en el suelo, volvió a adquirir la figura humana. Pero estaba desnudo y tenía hambre y frío.

En ese momento, vio cruzar un carnero por un camino cercano. Corrió hacia él y lo mató con una piedra. Después buscó leña para asarlo, pero la única madera que pudo encontrar fue una cruz antigua que estaba en la mitad del llano. Pancho arrancó la cruz y observó que en la tierra removida había algo que brillaba. Cuando lo tomó en su mano, vio que era una moneda de oro. Escarbó en la tierra y encontró varios cofres llenos de riquezas.

El frío y el hambre le llevaron a convertir la cruz en astillas, preparar una hoguera con ellas y asar el carnero. Al terminar de comer, con la piel del animal hizo una bolsa que llenó de monedas. Enterró bien el resto del tesoro y se encaminó al pueblo. Poco tiempo después, el criado se convirtió en un gran señor. Volvió a adquirir la casa de su antigua ama y comenzó a practicar la vida de disipación con que siempre había soñado.

Sin embargo, no perduraron demasiado estos placeres, porque, ese mismo año, Pancho murió. Iba caminando por una calle de Puerto Cabras, seguido de sus tres criados, cuando le cayó encima el muro de una casa en ruinas. La casualidad o el destino quiso que en aquella edificación hubiera vivido un hombre ya difunto, llamado Elicio Barroso, que mucho antes había clavado una cruz en el Llano de Mafasca.

Desde entonces, el alma de Pancho anda penando en este mundo. De día vaga por los caminos antiguos, en forma de carnero; de noche pena en el Llano de Mafasca, convertido en luz, asustando a quienes se acercan mucho a los restos del tesoro enterrado.

La princesa Ico

Transcurría el siglo XIV. Una tormenta hizo embarrancar al navío del español Martín Ruiz de Avendaño en la costa de Lanzarote. El marino tuvo la suerte de que Zonzamas, el gran rey, le diera la bienvenida. Permaneció en la isla durante seis meses, disfrutando de la hospitalidad de los aborígenes. Pero también hubo otra razón para quedarse tanto tiempo allí. Fayna, la sublime esposa de Zonzamas, había conquistado su corazón.

Después, Martín Ruiz de Avendaño salió de nuevo a la mar. Nunca más se supo de él pero, a los cuatro meses de su partida, Fayna dio a luz una niña. Se le puso de nombre Ico y pronto se vio que era una princesita rubia y de piel blanca, lo cual alimentó los rumores entre los lanzaroteños. Ciertamente, no les había pasado desapercibido el romance entre el forastero y Fayna.

Cuando Zonzamas murió, le sucedió su hijo Tiguafaya. Sin embargo, no ejerció el poder durante mucho tiempo, porque a poco de ser nombrado rey, unos piratas españoles lo raptaron, junto con su esposa y otros setenta aborígenes que fueron vendidos como esclavos.

Después del corto reinado de Tiguafaya, le siguió en el poder Guanareme, otro hijo de Zonzamas. El nuevo rey se casó con su hermana Ico. En aquellos tiempos, esta costumbre resultaba común entre los aborígenes de varias islas del archipiélago. No obstante, tampoco a este monarca le esperaba un reinado muy largo. Perdió su vida luchando contra unos piratas que visitaron Lanzarote en busca de esclavos.

Guanareme tenía un hijo, Guadarfía, al que ahora le tocaba reinar. Pero Atchen, un pariente cercano, también reclamaba el trono. Éste administraba una dilatada región en Lanzarote y tenía tantas relaciones importantes como poder entre los guerreros. Además, Atchen sostenía que Ico no era hija de Zonzamas, sino fruto de la relación de la reina con aquel extranjero. Por tanto, su hijo Guadarfía tampoco descendía directamente de Zonzamas y no le correspondía subir al trono de manera legítima.

El consejo o tagoror de ancianos se reunió y, como suelen hacer los sabios para salvar sus espaldas cuando no saben qué decisión tomar, dejaron la resolución del problema en manos de la suerte o de las divinidades. El consejo decidió, pues, que Ico debía someterse a una prueba sobrenatural, para comprobar su ascendencia real.

El día fijado para la prueba llegó. Llevaron a Ico y a sus tres damas de compañía a una cueva. Cientos de lanzaroteños acudieron a contemplar el macabro espectáculo. Cuando la reina estuvo en la entrada de la gruta, miró al gentío y pudo distinguir algunos rostros queridos, cubiertos de lágrimas, como el de su hijo Guadarfía. Sólo su vieja matrona se atrevió a contravenir las normas y acercarse a ella para abrazarla. Un anciano hizo una seña y un par de hombres apartaron suavemente a la vieja para que el acto continuara. Aparentemente fuerte y segura de sí misma, Ico entró en la cueva, seguida de sus compañeras. Delante de la gruta, se amontonaban ramas verdes. Las cuatro mujeres penetraron en aquel agujero y un guerrero encendió una hoguera sobre la que fue depositando el ramaje verde. Se produjo una gran humareda. Con hojas de palmera, dos hombres abanicaban el humo hacia el interior de la cueva.

Las mujeres encerradas comenzaron a sentir que les picaban los ojos y la garganta. Por fuera, el pueblo esperaba con expectación el resultado de la prueba: si Ico no muriera asfixiada, sería la demostración de que la sangre que fluía por sus venas era *sangre real*.

Después de poco tiempo, se oyeron los gritos de las mujeres. Luego, una tos ahogada. Al final, los sonidos que provenían de la cueva se debilitaron y se extinguieron. Sin embargo, todavía la hoguera continuó encendida y los verdugos siguieron enviando humo hacia el interior.

Mucho rato más tarde, apagaron el fuego y los ancianos del consejo penetraron en la gruta. Delante de ellos, en el suelo, se encontraban tumbados los cuerpos sin vida de las tres compañeras de Ico. Su postura era retorcida y sus ojos continuaban muy abiertos por el terror y la agonía. Más adentro, apoyada en la pared de la cueva, se hallaba Ico, ennegrecida por el humo. Sus ojos eran dos ascuas que miraban a los viejos. Sin pronunciar una palabra, dio algunos pasos tambaleantes. Rechazó cualquier ayuda y, lentamente, salió de la cueva con la cabeza levantada, parpadeando. Atardecía y la luz de la puesta de sol bañó su figura renegrida. Se acercó a su hijo Guardafía, el nuevo rey de la isla, y lo abrazó. La multitud, reunida delante de la cueva, estaba delirante de júbilo ante el prodigio que acababa de realizarse ante sus propios ojos.

Como suele suceder en las historias mágicas, sólo unas pocas personas se enteraron de qué manera se había realizado aquel milagro. El resto, nunca supo cuál fue la verdadera razón por la que una de las viejas curanderas se había abierto paso hasta la princesa, a través de los asistentes a la prueba. Esa anciana mujer había ejercido durante muchos años como matrona. Ya cuando Ico nació ella había prestado sus manos sabias y hábiles para que la niña llegara sana a este mundo. Después, ayudó a Ico a tener a su hijo Guardafía y curó a éste de no pocas heridas en sus correrías de niño y de adolescente. Para muchos aborígenes, la anciana no era sólo matrona sino también una inteligente curandera.

A nadie le extrañó que la vieja abrazara a Ico, pero lo que ninguno de los presentes observó fue cómo, subrepticiamente, la matrona le entregaba una esponja marina, mojada en agua, y le rogaba que se la pusiera en la boca para respirar a través de ella cuando comenzara a entrar el humo.

Así, Ico pudo salvar su vida y el trono de su hijo.

El Garoé

A principios del siglo XV, después de haber descubierto El Hierro, el normando Jean de Bethencourt dejó una colonia de franceses, flamencos y vascos en esa isla. No eran gentes de paz y pronto comenzaron a maltratar a los bimbaches, como se denominaban a sí mismos los habitantes de aquella tierra del confín de las Canarias. Los extranjeros tenían armas mucho más sofisticadas que los herreños y usaron esta ventaja de manera abusiva. Uno de sus pasatiempos favoritos consistía en tender emboscadas a las jóvenes indígenas y violarlas. También tomaban cautivos para que les sirviesen como esclavos. Una y otra vez, se rebelaron los herreños ante estas tropelías, pero siembre fueron vencidos en una lucha sangrienta.

A pesar de todo, los bimbaches eran gente de valor y no se sometieron con facilidad. Atacaban a aquellos intrusos, les tiraban piedras, les robaban sus comidas e intentaban de todas las maneras posibles hacerles difícil la vida. Así, las relaciones se deterioraron hasta desembocar más en una guerra hostil que en una simple enemistad entre vecinos mal avenidos.

Los extranjeros se hallaban en un aprieto y pensaron que deberían volver la situación a su favor, utilizando todos los medios a su alcance. De esta manera tramaron vencer a los habitantes de El Hierro con una artimaña:

bloquear el acceso a las pocas fuentes de la isla. Esperaban quebrantar el ánimo de los herreños por medio de la sed y convertirlos en personas dóciles, fáciles de someter a la condición de esclavos. Los meses de invierno pasaron, se despidió la primavera y llegó un verano muy caluroso. Muchas de las fuentes se habían secado e, incluso para los europeos, fue difícil buscar el agua necesaria. Tenían que realizar caminatas largas para poder encontrar el líquido vital. Montaban guardia en las fuentes conocidas. Incluso, si hubieran olvidado custodiar algunas fuentes, la escasa agua que los herreños podrían recoger no les bastaría para sobrevivir. Al menos, eso pensaban ellos. Pero pasaron los meses y los ataques y las rebeliones seguían. A los colonos les parecían cada vez más misteriosos, y menos tranquilizadores, los individuos de este pueblo tan robusto y resistente. ¿Cómo podían los herreños vivir sin agua y, si la poseían, de dónde la obtenían? Verdaderamente, los conquistadores no salían de su asombro.

En aquel tiempo, en la isla vivía la princesa bimbache Guarazoca, una joven de belleza extraordinaria. La belleza no le impedía a Guarazoca tener la cabeza muy dura y, cuando se le metía algo en ella, no cejaba hasta conseguirlo. Por eso le sentó muy mal que le prohibiesen, junto al resto de las mujeres, que abandonara el pueblo sin acompañantes. Guarazoca, como había hecho toda su vida, continuó bajando sola a la playa para buscar lapas en los riscos de la costa. En una de estas escapadas, se acercó a una cala donde sabía que abundaban estos moluscos. Comenzó a cogerlos con una habilidad pasmosa y en poco tiempo logró llenar una bolsa de piel que llevaba atada a su cintura. Entonces, vio una sombra deslizándose junto a su mano. Levantó la vista y se quedó helada.

En una roca cercana, estaba sentado un extranjero que la miraba fijamente. Guarazoca gritó. Pero, en las proximidades, no había nadie que pudiese ayudarla. El forastero puso un dedo en su boca para indicarle que se tranquilizara. A continuación, le hizo un gesto para que se acercase. Guarazoca no se atrevió a mover ni un músculo. Sólo pensaba en todas las cosas horribles que les habían ocurrido a otras mujeres de su pueblo. Pero aquel forastero que la saludaba con tanta amabilidad no parecía igual que los hombres de esas historias que le habían contado: hombres armados, borrachos y brutos.

Con timidez, se acercó a aquel europeo de sonrisa simpática. Él le indicó que se sentara a su lado. Tomó asiento a unos metros de distancia y, todavía asustada, le miró a la cara. El extranjero, más con señas que con palabras, le preguntó su nombre.

–Guarazoca –contestó ella.

–Un nombre muy bonito para una mujer muy hermosa –dijo él, mientras la miraba apreciativamente.

A Guarazoca no le pasó desapercibida la mirada valorativa pero, en lugar de asustarse, le gustó sentirse deseada. Nunca antes un joven se había atrevido a dirigirle miradas tan sensuales ni a decirle tales piropos, aunque fuese de manera tan poco comprensible por el escaso conocimiento que él tenía del idioma bimbache.

–Soy Gonzalo de Espinoza –se presentó el forastero– ¿Dónde vives?

La chica indicó la dirección de donde había venido y, con lentitud, se puso en pie. Sabía que los suyos ya la estaban echando de menos. Se le ocurrió pensar que tal vez su padre iba a mandar a alguien en su busca y que podría encontrarla allí con un extranjero. De repente, le entraron las prisas por irse. Sin dar la vuelta o despedirse, saltó hábilmente sobre las rocas. Corrió hacia la playa, atravesó la arena como una gacela y subió con rapidez la montaña. Gonzalo no intentó seguirla.

La princesa deseaba olvidar el peligroso episodio, pero la imagen del extranjero se negaba a desaparecer de su mente. Al día siguiente inventó una excusa para poder salir de nuevo del pueblo y se fue corriendo hacia la playa. Vio al español sentado en la misma roca del día anterior. Parecía estar esperándola. Ella se acercó despacio. Él cogió sus manos con una de las suyas y con la otra le acarició suavemente sus mejillas encendidas.

–Guarazoca –murmuró.

Luego, la tomó en sus brazos. Ella no opuso resistencia y se dejó llevar a un mundo de sensualidades y ternuras. Las olas rodeaban el roque y el sol bajaba lentamente cuando los dos amantes estaban sentados en silencio, con sus manos enlazadas. Él le ofreció un poco de agua que ella bebió con ansias. Gonzalo la observaba sin hablar y después le preguntó:

–Dime, Guarazoca, ¿de dónde viene el agua que bebe tu pueblo? ¿Dónde nace el líquido que ingieren vuestros ganados?

Cariñosamente, ahíta de la confianza y de la ingenuidad que proporciona el amor adolescente, la chica cogió su mano y le pidió que la siguiera. Tomaron un sendero que subía la montaña. Anduvieron durante mucho tiempo, camino de la cumbre central de la isla. El español necesitó realizar grandes esfuerzos para esconder su inquietud ¿De veras esa chiquilla ingenua le iba a enseñar el secreto que hacía invencible a los bimbaches? ¿Habría por allí una fuente grande de la cual no sabía nada?

Guarazoca se detuvo y con un gesto le exigió silencio. Indicó unos matorrales hacia los cuales se dirigieron con sigilo. Luego ella gateó hacia una sabina. Él la siguió muy de cerca hasta que llegaron al insólito tronco de un árbol doblado por el viento. Desde allí, se podía escuchar a muchos bimbaches hablando; se oían risas, gritos y balidos de ganado. Gonzalo miró a través de las hojas del árbol y no dio crédito a sus ojos. En lugar de la fuente que esperaba encontrar, descubrió un árbol enorme que semejaba un tilo.

Debajo del corpulento árbol, en una especie de estanque, se hallaban decenas de bimbaches, con cuencos grandes, recogiendo el agua que goteaba de sus hojas. Alrededor del tilo había mucho movimiento. Unas personas venían con sus cuencos, otras llevaban el preciado líquido en vasijas sobre sus hombros y sus cabezas. Después de un tiempo prolongado, el asombro del español continuó creciendo. ¡Un árbol que manaba agua! Al ver la cara de estupefacción de su amado, Guarazoca quiso darle una explicación.

–Garoé. Es Garoé, nuestro árbol santo –dijo la muchacha y lentamente volvió hacia atrás, en cuclillas, para desaparecer otra vez entre los matorrales.

Aquella noche Guarazoca se acostó intranquila. En cuanto se despidió de Gonzalo, se disipó buena parte de la nube rosa donde había flotado durante aquella jornada. Su cabeza se enfrió un tanto y los pensamientos fluyeron más sosegados. Poco a poco, fue comprendiendo las consecuencias de lo que había hecho. Entendió que había traicionado a su pueblo cuando reveló el secreto del agua al forastero. Durante la noche, casi no pudo dormir y su cabeza parecía darle vueltas. Sus pensamientos de culpabilidad se mezclaban con los recuerdos de unos brazos fuertes rodeándola, acariciándola, protegiéndola. Ya amanecía cuando encontró cierta tranquilidad al entrar en un sueño reparador. Sin embargo, pronto la despertaron unos fuertes gritos.

–¡Han descubierto el Garoé, los extranjeros han encontrado el Garoé!

–Alguien nos traicionó –oyó que alguien afirmaba, muy cerca de su vivienda.

Guarazoca aguzó el oído y puso atención a lo que se decía. Pudo entender que un grupo armado de extranjeros había rodeado el árbol antes de la salida del sol para expulsar de forma brutal a los bimbaches.

Lívida, con los ojos tan vidriosos como el agua del Árbol Santo, apareció Guarazoca en la entrada de su cueva. Delante de los bimbaches estalló en un llanto desolador. Entre sollozos confesó que se había enamorado de uno de los forasteros y lo había conducido hasta el Garoé, sin pensar que aquel español iba a traicionarla de esta manera tan infame.

El padre de Guarazoca parecía querer fulminarla con miradas de fuego. Se acercó a su hija, levantó su mano y la golpeó con fuerza en la cara.

–Llévensela lejos de mi vista y castíguenla como es debido –ordenó a un grupo de hombres–. Ha traicionado a este pueblo y no puedo perdonarla. Ya no es mi hija ni forma parte de nuestro gente.

Se dio la vuelta y no giró la cabeza cuando sus hombres cogieron a Guarazoca. Era un día triste para los bimbaches, un día negro en su historia cuando Guarazoca fue castigada con la muerte: el rey perdió a su hija y el pueblo al Árbol Santo, el Garoé, que les había hecho invencibles.

Cerca del famoso árbol, los conquistadores fundaron un lugar, que llamaron Guarazoca, en memoria de aquella joven que perdió el juicio por unas horas de amor.

En el año 1610, un gran temporal derribó el Garoé y todavía, en la actualidad, se pueden contemplar las charcas donde se recogía el agua filtrada por sus hojas.

Los Chorros de Epina

Las aguas más famosas de La Gomera surgen de Los Chorros de Epina. Desde tiempo inmemorial, la gente de toda la isla ha ido hasta ese lugar del bosque para recoger agua de alguno de los cuatro chorros, sabiendo que en el líquido elemento se encuentran ciertas propiedades extraordinarias que se transmiten a quienes lo ingieren. Esas propiedades no son las mismas siempre, sino que varían en razón del chorro donde ha sido recogida el agua: el primero proporciona salud, el segundo brinda amor, el tercero dispensa riquezas y del cuarto se ignora todo.

Estas creencias también las tenían las familias más pudientes de la isla. Enviaban allí a sus criados para que les llevasen agua recogida de todos los chorros, excepto del cuarto, porque a los ricos nunca les ha gustado lo que no conocen, pues temen que su fortuna se reparta entre quienes no están acostumbrados a gozarla. Como prueba de haber estado en esta fuente, los sirvientes debían portar a su regreso una ramita del Árbol de Epina, ejemplar vegetal único en la isla.

En relación con esta fuente, se cuenta que hace un siglo, o más, había tres hermanas en La Gomera que tuvieron diversa fortuna, aunque todas gozaron de la misma educación, las mismas oportunidades y la misma excepcional belleza. Cuando eran pequeñas, como sus padres tenían cierta fortuna, se permitían algunos caprichos que estaban vedados a otras niñas de su edad. Por ejemplo, cada una de ellas eligió un chorro para beber agua y, dos veces al mes, enviaban a tres criados a Epina para buscarla. Los recipientes iban marcados con sus nombres y no podía haber errores.

Esa costumbre continuó en su adolescencia, se prolongó a su juventud y aun a su madurez. La mayor era Luisa y bebía del primer chorro, el de la salud: se casó con un apuesto y rico joven de un pueblo vecino y, aunque vivió siempre sin enfermedades, cuando pasaron unos meses de vida matrimonial se sintió muy desgraciada, al comprender que su marido no la amaba. Alivió su dolor llamando a su segunda hermana para que le hiciera compañía. Luisa vivió fuerte como un roble hasta los noventa y ocho años, pero sola y desconsolada .

La siguiente hermana, llamada Adela, solía beber del segundo chorro, el del amor. Sucedió que tan pronto llegó a su nuevo hogar, se enamoró de su cuñado. Éste le correspondió, se hicieron amantes secretos y se adoraron toda la vida. Sin embargo, la mala salud de Adela no la dejó ser plenamente feliz los pocos años de su existencia. Murió de una simple gripe.

La tercera, Carmen, bebía del chorro de la riqueza. Heredó, prácticamente, todas las pertenencias de su familia y su patrimonio se incrementó de una manera asombrosa cuando decidió vender unas fincas y comprar otras. Pero todas esas riquezas no le sirvieron para encontrar la felicidad. Aún perdura el recuerdo de sus desgracias: nadie la quiso jamás porque todos la creían loca, nunca gozó de buena salud y, cuando sus padres murieron, vagó sus últimos años por los caminos pidiendo limosnas, en nombre de los ángeles, para calmar una sed espantosa que únicamente se le saciaba cuando recibía un donativo. Murió ahogada en un estanque, una noche en que confundió los peces que brillaban a la luz de la luna con monedas de oro y plata. Dicen que nada pudieron hacer por ella quienes la oían gritar en tono monocorde, como salmodiando:

-¡Mis tesoros están en el agua! ¡En el agua! ¡En el agua! ¡Y mis manos llenas de oro y de plata!

Cuentan los viejos gomeros que Margarita Sánchez, una de las criaditas que iban a buscar el agua a Los Chorros de Epina para las tres hermanas, tenía por costumbre beber del cuarto chorro. El resto de los sirvientes la reprendía y la miraba con cierta aprensión, pensando que quizás aquella agua llevase en su ánima la semilla de la brujería. Con el paso del tiempo, nadie pudo decir si aquellos temores supersticiosos tenían o no una base real. Lo único cierto es que la muchacha no dejó de sonreír durante toda su vida y que aún se continúan recitando en la isla los poemas que compuso Margarita. Se dice que nunca se han escrito versos más lúcidos, más tiernos ni más bellos. Asimismo, se comenta que de ese chorro bebió varias veces, a principios del siglo pasado, otro niño del valle, llamado Pedro, que también salió poeta.

Ví la Flor

El día 3 de mayo de 1493, el conquistador Alonso Fernández de Lugo arribó con quince barcos a las playas de Añaza, lugar que con posterioridad sería conocido como Santa Cruz de Tenerife. En el suelo de la costa clavó una cruz, la santa cruz de la conquista. Ese fue el comienzo de una cadena de luchas feroces en las que cientos de guanches perdieron la vida. Después de tres años de batallas sangrientas, en el mes de julio de 1496, los tinerfeños se sometieron a los nuevos dueños de la isla. Descendientes de esta buena y mala gente, no de otra, son los actuales pobladores de Tenerife.

Sin embargo, la historia no avanza tan rápido como las palabras y todavía acaecieron muchas peripecias antes de pacificarse la isla por completo, incluso después de rendirse los reyes guanches.

Muy arriba, en los alrededores de Chasna, había un grupo de aborígenes alzados que aún resistía a los conquistadores. La ubicación del valle, cercano al Teide y encerrado entre las altas montañas de la isla, permitía a los indígenas atacar a los conquistadores de manera contundente y retirarse con rapidez.

Así, llegamos a las postrimerías del año de la rendición. Alonso Fernández de Lugo dio órdenes al capitán Pedro de Bracamante para que encontrase y redujese a los guanches alzados.

Bracamante reunió un grupo de hombres armados. Después de atravesar las tierras fértiles de Güímar, el profundo barranco de Herques, las cuevas de trogloditas en Fasnia, las secas laderas de Arico e internarse en los suelos abrasadores de Abona, llegaron a Chasna. Por más que buscaron, no vieron ni un alma.

Sin embargo, les sedujo el esplendor del valle y decidieron habilitar allí un campamento y enviar patrullas de observación por los alrededores. Poco a poco, lograron encontrar a algunos guanches que se habían escondido en las grutas menos accesibles.

En una de estas expediciones, Bracamante dirigía la patrulla. Dentro de una gruta encontró a un grupo de indígenas, mujeres y hombres, que trataron de impedirles la entrada. Se defendían con fuertes golpes de banot y arrojando piedras. Finalmente, Bracamante y sus hombres, favorecidos por sus armas superiores, lograron reducir a estos alzados.

Una vez los tuvo a buen recaudo, el capitán Bracamante miró a sus presas: doce hombres, entre ellos varios jóvenes corpulentos y fornidos, que seguramente se podrían vender –bajo cuerda, naturalmente– como esclavos a un precio excelente, y siete mujeres, entre ellas una joven de belleza extraordinaria.

El capitán estudió con detenimiento el cuerpo de la muchacha. Ella le devolvió una mirada despectiva, escupió con desprecio al suelo y murmuró en su idioma nativo algo que él no entendió.

–Vigilad bien a estos salvajes. –ordenó Bracamante a sus hombres y , con una sonrisa aviesa, añadió:– De esta dama me ocuparé yo personalmente.

La izó del suelo de forma brutal y ató sus manos a la espalda. Mantuvo entre las suyas el largo cabo de cuerda que había sobrado del nudo y arrastró a la joven hasta su tienda. Ella comprendió que la resistencia por la fuerza no le serviría de nada. Optó por callarse y por mirarle mansamente, con sus ojos enormes y deslumbrantes. Bracamante acusó las miradas como si fuesen disparos de arcabuz. Descubrió la belleza salvaje de la aborigen y, al punto, pareció convertirse en un animal herido, ciego, alucinado. A partir de ese momento, sólo sintió el deseo de acariciar sus largos cabellos azabaches, de besar sus labios sensuales como pétalos y de poseer aquel cuerpo exquisito.

Bracamante ordenó a sus hombres que no le molestasen bajo ningún concepto. Se retiró a su aposento de campaña con la intención de romper la resistencia de la muchacha, utilizando únicamente su encanto varonil, sin recurrir a la fuerza. Pero no obtuvo resultados favorables. Aunque ella realizó todo lo que el oficial le pedía, él pudo sentir el odio de la bella indígena hasta en la tersura de su piel. Pasaron varios días y su locura amorosa se fue acrecentando. Pero también el rechazo y el desprecio de la guanche iban en aumento. Cuanto mayor era el deseo del español de poseerla y de someter sus sentimientos, más lejos sentía a la muchacha.

Cinco días habían transcurrido y los hombres empezaron de desmantelar el campamento para volver a La Laguna con los prisioneros. Algunos de estos aprovecharon la desorganización de la retirada para huir hacia las montañas. Entre los que se escaparon, figuraba la joven que tanto gustaba a Bracamante. Cuando éste se enteró de la fuga, perdió la cabeza. Vociferaba como un loco, mandaba hombres a buscarla, él mismo vagaba de un lado a otro gritando su nombre. Mas todos los intentos de capturar a los fugitivos fueron vanos.

Bracamante estaba fuera de sí. La muchacha parecía haberle echado un sortilegio. No parecía capaz de aguantar el dolor que le causaba su pérdida. Enloquecido, se golpeaba contra los árboles y se arrojaba al suelo. Sus hombres intentaban por todos medios tranquilizarle, pero no lo consiguieron.

Finalmente, se tornó violento y lo tuvieron que atar con cuerdas para llevarlo a La Laguna. La saliva le caía por la comisura de los labios y se negaba a comer. Había momentos cuando se le veía sentado de una manera apática o tendido en su lecho, con la mirada absorta y los ojos vidriosos. Su agonía parecía aumentar cada día. El Adelantado Alonso Fernández de Lugo visitaba al enfermo con frecuencia y se notaba que sufría al contemplar cómo uno de sus mejores hombres enloquecía sin que nadie pudiese remediarlo. Transcurrieron tres largos meses de sufrimientos espantosos. La situación del pobre demente se deterioraba cada vez más, a medida que pasaba el tiempo.

Trastornado, obsesionado por el recuerdo de la hermosa guanche, terminó por perder todas sus fuerzas, extenuado por completo. Quienes lo cuidaban decían que sólo hablaba incoherencias. Que en las madrugadas frías de la ciudad del Adelantado podía oírse su voz ronca retumbado en los claustros de los conventos de las monjas de clausura y rebotando en las campanas de las húmedas iglesias. Durante el último mes de agonía, siempre repitió lo mismo.

–¡Vi la flor del valle!

–¡Vi-la-flor-del-valle!

–¡Vilaflordelvalle!

La tarde en que murió, Bracamante se mantuvo en silencio, con su mirada fija en las tablas de tea que revestían el techo. Unos segundos antes de fallecer, su rostro se dulcificó y susurró:

–Vilaflor...

Después del triste final de su capitán, los soldados dieron al valle el nombre de Vilaflor, sustituyendo el anterior topónimo, Chasna. Los alzados no aceptaron la nueva denominación, o quizás no llegaron a conocerla, y por esa razón, ambos apelativos han llegado hasta nuestros días: oficialmente, el pueblo se denomina *Vilaflor*, pero los vecinos le dicen *Chasna*.

La princesa Tenesoya de Gáldar

Tenesoya, la sobrina del Guanarteme de Gáldar, en Gran Canaria, era una princesa de una belleza extraordinaria. Un día, cuando se bañaba con dos de sus damas de compañía en la playa de Bañaderos, se vio rodeada por un grupo de extranjeros, que iban armados.

–¿Habéis visto qué belleza tenemos aquí? –dijo uno de los hombres, en el idioma de los aborígenes–. Hoy sí que haremos una presa exquisita.

Con desprecio, Tenesoya levantó su cabeza y les dio la espalda. Era la sobrina del Guanarteme y aquel grupo de energúmenos no podría raptarla tan fácilmente, pensó. Pero antes de que la noticia de su captura llegara a su tío y este pudiese enviar a un grupo de hombres armados para salvarla, ya estaba junto a sus compañeras en un barco con rumbo a Lanzarote.

Con tristeza, Tenesoya observaba cómo su isla desaparecía en el horizonte. A su lado, sus compañeras sollozaban con desesperación. Los hombres miraban de reojo a la princesa. Hacía tiempo que no habían visto mujeres y les resultaba muy difícil no acercarse a ella y disfrutar de su cuerpo esbelto. Sin embargo, su jefe les había prohibido estrictamente, violar a estas féminas. Por su parte, Tenesoya no se daba cuenta de las miradas lascivas de los hombres. Estaba ensimismada en tristes pensamientos.

Llegaron a Lanzarote y llevaron a las tres aborígenes a presencia de Inés de Peraza, que gobernaba entonces la isla. Cuando la señora vio a Tenesoya, quedó impresionada ante la belleza y la gracia de la joven grancanaria. Decidió educar Tenesoya en su casa y regalarla como esposa a Maciot de Bethencourt, al cual debía algunos favores.

A su debido tiempo, se celebró una gran ceremonia de bautizo y a la princesa se le impuso el nombre de Luisa. Después, la presentaron a su futuro esposo, Maciot, un rico aristócrata. Naturalmente, éste se quedo fascinado por la bella grancanaria. Comenzó a cortejarla con mucha galantería y Tenesoya fue tomándole el gusto a aquellas refinadas atenciones. Con rapidez aprendió a hablar español y a gozar de las ventajas de una vida próspera y opulenta. Cuando llegó el día de la boda, Tenesoya dio su consentimiento a Maciot. Pasaron los días y los recién casados parecían vivir con la mayor felicidad. Maciot adoraba y mimaba a su esposa, siempre la trataba con respeto y cariño. Tenesoya se acostumbró al estilo de vida de los forasteros y sólo de vez en cuando pensaba en los suyos.

Entonces ocurrió algo que cambió el rumbo de los acontecimientos. Tenesoya se enteró de que su tío, el Guanarteme de Gáldar, había capturado a un grupo de conquistadores y los utilizaba como rehenes. Había amenazado con matarlos si no se le devolvía su sobrina.

La Señora de Lanzarote creyó que no había otra alternativa que acceder al intercambio y así se lo comunicó a Maciot. Este acogió la noticia con tal congoja que sobrecogió a todos. De vuelta a casa, abrazó a su esposa durante mucho tiempo, como si con ese gesto pudiera librarse de su ausencia.

–Mi Luisa –gemía Maciot–, mi amor, ¡qué separación terrible nos depara el destino!

Pocos días después, Tenesoya abandonó Lanzarote a bordo de un navío. En la costa de Gran Canaria su tío estaba esperándola. Se encontraba acompañado de un grupo de hombres armados con piedras y banotes. A su lado, se hallaba el grupo de soldados que se iba a entregar a cambio de la princesa.

El intercambio se realizó sin incidentes. Los aborígenes llevaron a Tenesoya a Gáldar, muy felices de haber recuperado a quien tanto admiraban. La joven se alegró de ver a su familia, pero también echaba de menos a su marido y la vida refinada que llevaba en Lanzarote. Sin embargo, estos secretos pensamientos no los reveló a nadie, solamente contó que los forasteros siempre la habían tratado con respeto y cortesía.

Pasó casi un mes. Tenesoya esperaba impaciente la siguiente luna llena. Su conciencia la atormentaba. Sabía que iba a traicionar a su pueblo, pero los anhelos de su corazón eran más fuertes. Con sigilo, abandonó aquella noche su lecho. Alcanzó la salida de la vivienda y cruzó delante de los gigantescos perros canarios que vigilaban la cueva del Guanarteme. Los animales la dejaron pasar porque conocían su olor. La luna iluminaba el sendero que se dirigía a la costa. La princesa avanzó de manera cautelosa hasta alcanzar las arenas de la playa. Allí, agazapado en una roca, Maciot ya la esperaba.

Un abrazo breve, unas caricias suaves, unos besos sutiles. Luego, una loca carrera hasta la barca que los condujo a un velero con las velas arriadas. Tan pronto estuvieron a bordo, los marineros faenaron con rapidez hasta desplegar el velamen y dejar que el alisio impulsara la nave mar adentro.

Tenesoya, con las manos apoyadas en la barandilla
de cubierta, contempló por última vez las costas de
su tierra natal. Sus ojos derramaban lágrimas y su corazón se encogía dentro de su pecho. Detrás de ella,
Maciot de Bethencourt la rodeaba con sus brazos y le
susurraba palabras tiernas al oído. La luna, fría y ajena
a los asuntos de la humanidad, iluminaba la herida de
espuma que el velero abría en el mar.

La casa encantada de Tacande

Tacande es una hacienda situada en el municipio de El Paso, en la isla de La Palma; pero, en el siglo XVIII, la época en que sucedió esta historia, ese pueblo pertenecía a Los Llanos de Aridane. En aquel tiempo, en Tacande, residía un hidalgo llamado Ibrahím González Galván.

Siempre se ha dicho que ese hidalgo perdió su vida bajo circunstancias extrañas, pero ya es imposible conocerlas porque sus contemporáneos decidieron no mencionarlas jamás. Tal vez, debido a la superstición o al miedo a cierto eclesiástico, esa historia, presumiblemente terrible, quedó sepultada debajo de otras cuyas evidencias tampoco pueden confirmarse.

El hidalgo fallecido dejó una hija, llamada Ana González, quien murió menos de un año después, cuando estaba de parto, si bien el infante logró sobrevivir. Antes de que ese niño llegara a la mayoría de edad, embarcó con su padre en un velero con destino a América y jamás volvió a saberse nada de ambos. Durante años, esta hermosa mansión permaneció vacía.

Sin embargo, quién puede dejar de preguntarse sobre las razones por las que padre e hijo salieron de la isla. La versión más conocida de esta historia cuenta que ambos no querían vivir escuchando las necedades inventadas por un fraile que afirmaba haber estado hablando con el alma de Ana González y con el demonio, durante una noche entera. Y que si no se le pagaba cierto dinero que Ana González adeudaba a la iglesia, no podría librarse su alma en pena de andar errante por la hacienda de Tacande. El viudo pensó que el fraile quería estafarlo y decidió no pagarle ese dinero. A partir de ese momento, la existencia del viudo no fue fácil y todos los vecinos pudieron comprender qué gran razón tenía el refrán que rezaba aquello de *pueblo chico, infierno grande*. Así que padre e hijo decidieron emigrar, no en busca de fortuna, sino de paz.

Había transcurrido mucho tiempo desde que sucedieron estos hechos. Un comerciante rico de Santa Cruz de La Palma compró esta finca, que ya estaba muy en ruinas, a un pariente lejano del hidalgo que vivía en otra isla. El buen hombre restauró la casa e hizo algunas reformas a su gusto. Cuando estuvo satisfecho de los resultados, decidió cambiar su domicilio de la ciudad a Tacande.

¡Qué sorpresa se llevaron los habitantes de El Paso cuando su nuevo vecino abandonó la restaurada mansión, después de vivir menos de un mes en ella, y regresó a su domicilio de la capital palmera, poniendo pies en polvorosa! Dijo a cuantos quisieron oírle que por nada del mundo seguiría residiendo allí. Que viviese en aquella casa quien quisiera, porque él no volvería nunca más por aquella vivienda.

El comerciante llegó a decir que por las noches había oído voces y un runruneo persistente, como si alguien meciera una cuna. Incluso, que se escuchaban unas risitas locas y que contempló durante una madrugada cómo varios objetos habían volado por las habitaciones. Este hombre afirmaba que su cama se había movido por toda la casa y que algunas noches un ser invisible cantaba canciones tontas, sin sentido. Siempre concluía sus relatos componiendo un gesto de terror y repitiendo la misma frase:

—En esa casa encantada no pude conciliar el sueño ni un minuto. Créame, allí ni un muerto podría dormir.

Después de lo sucedido con el comerciante, la casa quedó otra vez vacía. Volvió a pasar mucho tiempo, quizás un siglo o más, hasta que acaeció la historia de *Bobo*.

Antonio era el tonto del pueblo, un muchachote amable y capaz de desarrollar cualquier trabajo en el campo, pero con ciertas carencias psíquicas. La casualidad o el trágico destino quiso que se quedara huérfano y sin un pariente que lo acogiese en su hogar. Para mayor desgracia, los dueños de las tierras que habían cuidado sus padres le forzaban a abandonar la choza donde se había criado. Obligado por las circunstancias, y a la luz de sus pocas luces, tomó la decisión de mudarse a la casa de Tacande. Nadie pudo aconsejarle lo contrario, porque tampoco consultó a ningún conocido.

A partir del momento en que el muchacho entró en la *casa encantada*, los vecinos le oían todas las noches hablar en voz alta. Parecía conversar con alguien y que estas charlas lo divertían mucho. Se escuchaban risas y hasta risotadas. A veces, se sentían verdaderos estrépitos como de loza rompiéndose. Pero nadie se atrevía a pisar la casa, aunque Antonio no saliera a contar nada de lo que allí estaba ocurriendo. El miedo había hecho presa en la gente. Muchos todavía guardaban memoria de la muerte misteriosa del hidalgo y de su hija Ana, y de los extraños sucesos referidos por el comerciante de la capital.

Sin embargo, el prolongado encierro de Antonio *Bobo* no parecía deberse a que el muchacho se hallara mal. Al contrario, daba la impresión de que se encontraba muy a gusto en su nuevo domicilio. Cuando finalmente salió, la gente intentó sonsacarle pormenores sobre lo que sucedía en la casa. Él sólo contestaba desatinos y relatos absurdos o balbuceaba algo sobre un fantasma que se había hecho amigo suyo. Al comentar esto, se reía a carcajadas como si le divirtiese mucho lo que estaba contando. La gente llegó a habituarse a todo aquello, como siempre uno se acostumbra a cualquier cosa que dure mucho tiempo, por insólita que le parezca al principio. El miedo prolongado, igual que la felicidad, llega a hacérsenos tan convencional que termina por desaparecer de nuestras vidas.

Sin embargo, cuando menos lo esperaban, los vecinos tuvieron un gran sobresalto. Sucedió una noche que ya jamás pudieron olvidar los habitantes de aquella zona. Toda la serie de hechos comenzó de manera rutinaria. Alrededor de la medianoche se escuchó hablar a Antonio en voz alta y sus carcajadas salían a través del ventanuco de una estancia que parecía mal iluminada por algún cabo de vela. Se podía deducir que alguien le contestaba, pues había otra voz que sonaba diferente. Toda aquella charla estaba acompañada por un continuo ruido de fondo: loza que se caía al suelo, estrépitos de vasos hechos añicos, alborotos de no se sabe qué cosas arrastrándose por el piso y algo que sonaba como aleteos de palomas. Hasta ese momento, nadie se sorprendió porque era lo que sucedía habitualmente. Si acaso, en alguna cocina podía escucharse un comentario del tipo "Ahí está ese tonto de Antonio haciendo machangadas otra vez".

Pocos fueron los que advirtieron al principio que a las dos voces habituales se había sumado una tercera voz. Era más estridente y su tono denotaba cierto grado de cólera. Un rato más tarde, parecía que las voces discutían y que la más bronca trataba de irritar a la estridente, por el procedimiento de tomar a broma cuanto ésta decía. Sus risotadas comenzaron a escucharse más alto. El volumen de las carcajadas se fue amplificando de manera desorbitada. Pronto, una risa atronadora salía por las ventanas, que se abrieron violentamente de par en par, y retumbaba entre los riscos hasta convertirse en un fragor insoportable. Nunca estos desasosiegos nocturnos habían alcanzado tal desbordamiento. Los vecinos no sabían si asomarse a la puerta, huir por los caminos o meterse debajo de la cama, cuando oían cómo los muebles caían por las escaleras o cómo los cristales saltaban hechos trizas. Luego resonó muy alto una especie de eructos descomunales y, otra vez, las carcajadas provocadoras. La gente se hallaba paralizada por un miedo pánico ante esos escándalos abominables.

El ruido finalizó repentinamente. Cuando estuvieron seguros de que había cesado de manera definitiva, los aterrados vecinos se fueron a sus camas, pero apenas si lograron conciliar el sueño. Hasta los bebés parecían haberse puesto de acuerdo con los gatos para llorar juntos hasta el amanecer.

Antonio no apareció en el pueblo por la mañana. Durante la noche siguiente, se produjo un silencio pesado, como si el aire se hubiera convertido en plomo. Transcurrió otro día y tampoco Antonio se dejó ver. Pasó más tiempo y nadie encontró al pobre disminuido. Todas las miradas se dirigían hacia la casa del hidalgo, pero evitaban encontrarse con los ojos de otras personas. Hombres y mujeres sabían que de un momento o a otro debían ir a buscar a Antonio, pero un miedo ancestral y supersticioso impidió que alguien fuera el primero en manifestarlo en voz alta.

Una tarde de fríos nubarrones, un viejo no pudo aguantar más y propuso que un grupo de diez hombres fuertes se acercaran a la mansión y averiguaran qué había sucedido aquella noche y en qué estado se encontraba Antonio. Fue difícil hallar a quienes quisieran entrar, pero, finalmente, se logró reunir a seis hombres con suficiente valor para ir hasta allí. Cuando abrieron la puerta principal, contemplaron un espectáculo espeluznante: Antonio estaba muerto y tumbado boca arriba en el suelo del vestíbulo, con la parte posterior de la cabeza destrozada, pero con una sonrisa feliz en su cara ya medio podrida. A su alrededor, parecía haber estallado un volcán. Desperdigados por todas partes había trozos de sillas, mesas despedazadas, libros hechos jirones, tiras de cortinas, fragmentos de vasos y de porcelanas finas,... Aparentaba que la casa había sido arrasada por un huracán enloquecido. Los campesinos tuvieron que hacer de tripas corazón y sobreponerse mucho para sacar el cuerpo sin vida hasta el exterior. Algunos curiosos se acercaron a verlo, mientras el pueblo quedó atrapado por un silencio tan viscoso como una tela de araña.

Antonio encontró su último domicilio en el cementerio del pueblo. Otra vez, la casona de Tacande se quedo vacía. Ningún palmero estaba dispuesto a entrar en la mansión y, mucho menos, a invertir dinero en ella para volver a convertirla en una elegante residencia.

Años más tarde, unos extranjeros compraron la casa encantada de Tacande por un precio muy barato. Los vecinos comentaban que los nuevos dueños se reían de la credulidad de los isleños y de sus cuentos sobre un alma que volaba y un fantasma burlón que cantaba canciones tontas y que asustaba a los habitantes de la mansión. Y, ciertamente, durante mucho tiempo la tranquilidad parecía haber vuelto a Tacande. Incluso, se llegó a pensar que los extranjeros habían espantado al fantasma. Pero después, poco a poco, empezaron otra vez los rumores. Se sabe, por ejemplo, que don Alejandro, "Jando", que vivía en El Paso, al lado de la

Plaza, estuvo contando que él y su padre habían escuchado ruidos de cadenas en un establo que tienen cerca de Tacande. Y que junto al ruido de cadenas les pareció oír balbucear tonterías a alguien que no debía estar en sus cabales. No obstante, manifestaban que ellos jamás lograban ver a quién producía aquellos sonidos.

Además, se rumoreaba que la riqueza repentina de una familia del pueblo provenía de un tesoro que habían encontrado en los años setenta en una casa abandonada. Pero, hablando con propiedad, todavía no se ha verificado de manera irrebatible la relación entre cada uno de estos rumores y el fantasma de Tacande.

Las adivinas Tibiabin y Tamonante

En Fuerteventura, antes de la Conquista, vivían dos mujeres, madre e hija, llamadas Tibiabin y Tamonante. La madre tenía la tarea de arbitrar acuerdos entre los reyes de la isla. Su hija se ocupaba de organizar los ritos sagrados de los pueblos. Ambas eran videntes y muchos majoreros –así se llamaban los aborígenes de Fuerteventura– acudían de toda la isla para que les predijeran su futuro. La gente les atribuían tanta *fuerza de vista* que las madres alejaban a sus hijos pequeños de las dos mujeres por temor al *mal de ojo*.

Varias veces, estas dos señoras de lo mágico predijeron que a través del mar iban a venir unos extranjeros que les dirían cuanto debían hacer para encontrar la felicidad. Por otra parte, siempre que ocurría una catástrofe en la isla, las dos magas tenían la misma visión: se les aparecía una mujer bellísima con un aura alrededor de la cabeza. Esta aparición las calmaba, las confortaba y les prometía ayuda. Muchos escépticos se reían de estas visiones, pero otros creyeron lo que decían las sacerdotisas.

Cuando Jean de Bethencourt desembarcó en la isla para conquistarla, los jefes de los pueblos se reunieron con el fin de organizar los preparativos para la defensa.

Rápidamente, se llamó a todos los hombres para hacer frente a los extranjeros, utilizando piedras y palos.

Tibiabin y Tamonante se dirigieron a Ayose, uno de los señores de la isla, y le solicitaron audiencia. Anteriormente, Ayose había utilizado la ayuda de estas mujeres en dos ocasiones: cuando su esposa casi pierde la vida en el parto y una vez que circulaban rumores de que otro jefe intrigaba en su contra. En ambas oportunidades, obtuvo excelente resultados. Por eso las respetaba, pero también les tenía miedo. Le resultaban demasiado inquietante y él daba por ciertos los rumores que las relacionaban con los demonios y las fuerzas oscuras.

Tan pronto le demandaron aquella entrevista, las invitó a entrar en su morada y les pidió que se sentaran. Vehementemente, las mujeres le aconsejaron evitar la lucha con los forasteros. Al contrario, debía acogerles como si fuesen amigos. Le recordaron la profecía que habían vaticinado durante años: unos forasteros iban a venir por el mar y les traerían la felicidad.

Ayose les hizo caso y desmovilizó sus tropas. Un grupo de aborígenes se acercó sin armas hasta la playa para dar la bienvenida a Jean de Bethencourt y a sus hombres.

Bethencourt, que se había preparado con los suyos para una lucha sangrienta y brutal, no encontró ninguna resistencia cuando desembarcó en las arenas blancas de la isla. Apaciblemente, tomó posesión de aquella tierra plana y luminosa. Difundió el credo de la iglesia católica y, sin protestar, los aborígenes se dejaron bautizar. Creyeron que las doctrinas cristianas eran la felicidad que los forasteros les traían, según la profecía de Tibiabin y Tamonante. La Virgen María fue reconocida como la mujer hermosa que les iba a favorecer y a confortar.

Cinco siglos más tarde, cuando estas premoniciones casi se habían olvidado, llegaron a Fuerteventura otros extranjeros por la mar. Arribaban de noche, en pequeñas embarcaciones, traían hambre y sed. El recibimiento que se les dispensó fue bastante peor que a los hombres de Jean de Bethencourt. Y hubo quien afirmó haber visto pasar de madrugada, sobre las arenas blancas del sur de la isla, las almas en pena de Tibiabin y Tamonante, llorando amargamente por los recién llegados hombres de piel oscura.

Un objeto volante en el siglo XVIII

El orotavense Juan Antonio de Urtusáustegui, autor del libro *Diario de Viaje a la Isla de El Hierro en 1779*, hace el siguiente relato:

«El tiempo de mi gobierno fue señalado por este portento. Acaeció la noche del 4 de octubre un fenómeno, de aquéllos con que suelen entretener los papeles públicos con menos motivo. A las ocho comenzó a incendiarse poco a poco desde el mar una lomada enfrente e inmediata a mi casa, como si toda ella estuviese regada de pólvora y se prendiese (casi en estos términos se explicó mi familia y otros que lo vieron) de que se formó una horrible llama que decían se dirigió a ellos; pero a la verdad corrió mucho más allá; a cuyo tiempo sucedió tal claridad que les pareció se abría el cielo, dejándose percibir con distinción todos los objetos: corrió a mi sala un cabo ordenanza muy despavorido, gritando, sin saber lo que decía, que estaba pronto a morir por la fé de Dios y del Rey; a estos y a otros semejantes clamores salí de mi cuarto, pero ya no era ocasión de observarlo. De toda la Isla se dejó ver y su dirección fue de oriente a poniente. Los que se hallaban en la parte del sur y en la Punta de la Dehesa, en donde se desvaneció, me afirmaron que su figura era como una barra, al parecer de más de tres varas y como dos o

tres pies de ancho, dejando atrás una cola o reguero
de chispas, que aumentaban al tiempo de la claridad.
Todos los que lo vieron quedaron muy atemorizados.

En este año de 85 se dejó ver otro fenómeno: a las 7
de la mañana del día dos de abril, estando el día muy
oscuro, aunque despejado de niebla, pasó rápidamente
por encima de esta Villa, y al parecer muy cerca, un
globo de bastante bulto que representaba la figura de
una bola negra; y al tiempo de deshacerse dio un es-
tampido semejante al de una pieza de artillería gruesa,
que se oyó en toda la isla, dejando un olor muy fuerte
de azufre.»

Las brujas de la Laguna Grande

Los bosques cercanos al Alto de Garajonay son de un verde intenso, oscuro a veces, como el deseo de los corazones extraviados. Situado en el centro de esos bosques húmedos, existe un calvero, extenso y circular, conocido como La Laguna Grande.

Cuando llegamos a esa zona, *sabemos* que allí sucede o ha sucedido algo fuera de lo habitual. Ni siquiera hace falta que nos hayan informado antes sobre ciertos rumores que circulan entre la gente, para sentir estas oscuras palpitaciones. Incluso, cuando somos conscientes de que eso es un sentimiento absurdo, una conmoción fuera de lugar en el siglo XXI...

Desde tiempos inmemoriales, la gente ha venido hablando sobre las cosas extrañas que suceden en esos parajes. Estas habladurías se conocen como «La leyenda de La Laguna Grande» y hay personas adultas a las que se les erizan los pelos de la nuca cuando escuchan alguna de las historias que se narran en esta isla.

Uno de esos relatos cuenta que durante el estío un pastor se había distanciado de la zona donde su ganado comía hierba seca. La razón de su alejamiento era buscar pasto verde y fresco para un cabrito enfermo. Se entretuvo demasiado, la penumbra del bosque le hizo perder la noción del tiempo y la oscuridad lo sorprendió en La Laguna Grande. Aunque era noche de luna llena, decidió no regresar a su casa por el peligroso sendero que bordeaba una profunda cañada. Al lado de un brezo gigante, se preparó una confortable cama con hojas de helechos.

El cansancio de la jornada de trabajo hizo que se durmiera rápidamente. Sin embargo, alrededor de la media noche, se despertó. La luz de la luna inundaba aquel gran espacio sin árboles y de todos lados surgían cuchicheos, crujidos y risas agudas y sofocadas.

El pastor se subió el cuello de la vieja chaqueta. Se sentía así más protegido y seguro, dentro de su coraza de lana. En su pecho anidaban juntos el coraje y la superstición, solapándose y tratando de anularse mutuamente. Así, mientras esta le susurraba que se guardase, aquel le alentaba para que aguzara el oído y averiguase lo que estaba sucediendo. Las risas sonaban cada vez más cercanas. Después, la luz de la luna descubrió al pastor una escena inusual: decenas de mujeres salían de diversos puntos de la muralla vegetal que circundaba La Laguna Grandes y corrían hacia el centro del calvero.

Mujeres con el cabello suelto, desgreñado, largo, flameando al aire de la noche como banderas sombrías. Brujas que vociferan, chillan, berrean y dan palmadas, avanzando con saltos de geometrías inverosímiles. En algún lugar, comienza a sonar un tambor. Un ruido sordo y lento que va hinchándose y apagando los otros sonidos, adueñándose del gran círculo donde ni la hierba crece, extendiéndose sobre el suelo húmedo de rocío y subiendo por las piernas de las mujeres que han formado un círculo fluctuante.

Las brujas se balancean cadenciosamente. Giran sobre sus pies descalzos. El tajaraste, con simetría errática, con agitada arritmia, con áspero reflejo en el sonido que fluye del tambor de piel de macho cabrío, mueve los brazos, las manos, los dedos que desatan los corpiños y las enaguas que se deslizan hasta el suelo. Los golpes del tambor se aceleran. Las mujeres patalean, bailan más, más rápido, salmodian un pie de romance con voces agudas y monocordes.

El pastor escuchaba espantado esa escalera de latidos y asistía enajenado al júbilo de los cuerpos desnudos que la iban remontando.

La efervescencia y el arrobamiento van aflorando en los rostros de las brujas. Tambor, tambor, tambor. Los ritmos se dilatan. Pies, brazos, manos, pelo, manos, brazos, pies. Círculos abiertos o cerrados, torbellinos de sombras femeninas agitándose en el suelo. Cada golpe de chácara es una historia hembra: Gara: chácara, chácara, chácara: Iballa: chácara, chácara, chácara: Beatriz: chácara, chácara, chácara. Cada compás, una tragedia: Garajonay: tambor, tambor, tambor: Guahedum: tambor, tambor, tambor: Baja del Secreto: tambor, tambor, tambor.

La bruja más vieja, la que sostiene el tambor en la mano, grita, al borde del paroxismo:

—¡Jorge!

Los golpes del tambor se avivan.

El pastor hizo la señal de la cruz, sabiendo que las brujas llaman Jorge a Satanás.

—¡Jorge, Jorge! —vocifera el círculo de mujeres, y sus movimientos se hacen más salvajes. Las manos se alzan hacia la luna y empiezan a repicar las chácaras. El eco se despeña en las cañadas. ¡Burbujas y relámpagos de ímpetu! Un universo de escalas se desangra en torno a las danzantes.

Las brujas, sin deshacer el círculo, bailan en parejas enfrentadas, contrayendo y expandiendo la rueda, moviendo las chácaras con ardor. Sólo una mujer muy joven permanece en el centro del baile (chácara, tambor, chácara). Una pequeña nube negra oculta la luna por unos instantes, la música se apaga, los gritos son amordazados y un silencio, más ensordecedor que toda la algazara anterior, aferra la oscuridad. La bruja adolescente del centro del círculo se lleva las manos a sus cabellos, tira de ellos, inmisericordemente, y grita con toda la fuerza de sus pulmones:

–¡Joooooooorge! ¡Joooooooorge!

El cielo es la piel azul de un tambor ciclópeo. Un fragor acompañando al relámpago surge de la nube que aún cubre la luna. El rayo, gordo y sucio como las aguas de un barranco en invierno, se precipita hacia el centro del círculo y carboniza a la niña bruja.

El pastor quiso llevarse las manos al rostro, pero el terror le impedía mover un solo músculo. Una lechuza, posada sobre un haya cercana, no cerró sus ojos a tiempo y murió fulminada; su caída rajó el aire del estío y dejó escapar una corriente helada.

El viento gélido llega hasta el centro del calvero, se arremolina, esparce las cenizas de la bruja y las convierte en un ser absurdo compuesto por tres mitades imposibles: mitad animal, mitad hombre, mitad cosa: protuberancias minerales en la cabeza, lengua bífida, cuerpo velludo y patas de cabra. Debajo de su frente, chisporrotean las brasas de sus ojos purpúreos, tan grandes como los de una lechuza, tan inestables como si estuviesen recién injertados. De las profundidades de su garganta surgen resonancias profundas, roncas, perturbadoras. El aire se torna ardiente, con un penetrante olor a urea y azufre.

La luna ilumina de nuevo La Laguna Grande y las mujeres se acercan a la aparición. No es la primera vez que se reúnen con Jorge. Las brujas repican las chácaras: suavemente: reproduciendo el sonido del agua que cae en las fuentes: engendrando notas de burbujas bañadas por la luna: malpariendo palabras de madera licuada. Gritan y gimen. La bestia les murmura y ellas ríen, ríen, ríen, mientras la luna se recrea en tejer y destejer los caminos para extraviar a los caminantes.

Habían transcurrido ya varias horas cuando el pastor logró mover una mano y pellizcarse la mejilla, tratando de ahuyentar la pesadilla pavorosa. Cerró y abrió los ojos y, en ese instante, la luna fue velada de nuevo por la nube. El bosque se oscureció y sólo pudo ver cómo algunas estrellas parpadeaban en el cielo. Miró hacia el centro del calvero y no distinguió ningún rastro de las brujas ni de la bestia. Un silencio funesto y una tranquilidad empozada estaban convirtiendo en piedra el aire que respiraba. El pastor se frotó los ojos y, por fin, pudo desarrollar un pensamiento sensato: ¿Lo habría soñado todo, le engañó su fantasía, lo perturbó su miedo o...?

Era tenido por hombre valeroso, acostumbrado a caminar solo por los caminos del monte y de la costa, pero aquella noche no dio un paso fuera del lugar donde se encontraba. Aun cuando volvió a aparecer la luna, permaneció allí, erguido sobre la cama de helechos, con la mirada fija en el claro del bosque, incapaz de comprender si lo que había vivido era un sueño.

Las primeras luces del alba inauguraron un día que se preveía caluroso. El pastor se puso en pie, tomó el morral con sus pobres pertenencias y se aprestó para volver a su casa. Sin embargo, después de dar algunos pasos, algo le hizo retroceder con el estómago encogido: a pocos metros de su improvisado lecho, en la mitad del camino, yacía el cuerpo de una lechuza sin vida... y sin ojos.

Igual que el fuego corre por un reguero de pólvora, se extendió este relato por la isla y se unió a otras historias parecidas sobre La Laguna Grande.

Se narraba la de un hombre de Chipude, a quien también sorprendió la noche cuando volvía a su casa con un recado desde San Sebastián. Había dicho que se encontraba sentado en una piedra, en la mitad del claro, cuando escuchó crujidos, chillidos y risas sofocadas, y que le habían tirado piedras. Para demostrar la veracidad de su historia, enseñaba a todo el mundo una cicatriz en la cabeza. Ciertamente, no había visto a nadie, pero, según él, las risas y los alaridos procedían de las mismas brujas que el pastor había observado haciendo sus tratos con el diablo.

Algo parecido refirieron dos hombres, uno del pago de Tamargada y otro de Erque: les habían tirado piedras en La Laguna Grande. Incluso, aquellos que decían en voz alta y clara que no creían esas historias y que sólo eran cuentos de viejas, evitaron acercarse de noche a La Laguna Grande, «porque no tenían nada que demostrar».

Poco tiempo después de estos acontecimientos, surgieron los primeros rumores sobre los caminantes. En sus idas y venidas por el bosque, cerca de La Laguna

Grande, al atardecer e, incluso, en pleno día, oían risas sofocadas y, al instante, no encontraban los caminos conocidos: muchos relataron que se habían perdido.

Un caminante contaba que durante días estuvo dando vueltas en el monte y otro decía que, repentinamente, se había encontrado caminando por la costa, a mucha distancia de allí.

Hace años, recuerdo haber oído a un anciano del caserío de Guadá que recomendaba tres máximas a los caminantes: no sentarse debajo de una higuera, no dormir a la luz de la luna y llevar un amuleto para protegerse en los caminos del monte. Este talismán consistía en un duro antiguo o una moneda de plata envuelta en un pañuelo blanco y adherida al ombligo: si se tornaba negra, era señal de que la *bestia* no andaba lejos.

Y no digo que todo esto sea cierto ni que a las brujas les diviertan especialmente los descreídos; pero, así y todo, es mejor andarse con cuidado si se camina cerca de La Laguna Grande.

Amaro Pargo

El pirata tinerfeño Amaro Rodríguez Felipe, más conocido como Amaro Pargo, recibió permiso de las monjas para trasladar a sor María Bello y Delgado, fallecida tres años antes, a una nueva tumba. Cuando se abrió el ataúd, los presentes quedaron estupefactos. El cuerpo de la difunta estaba intacto, como si hubiese terminado de morir, y de los poros de la difunta salían gotas de sangre y otros líquidos. La noticia se divulgó por toda la isla y al poco tiempo la gente comenzó a decir que cuando le rezaba a la monja conseguía sus favores. De eso a comenzar a hablar de milagros no hay gran trecho, ya se sabe.

María Bello y Delgado nació, en el seno de una familia humilde, el 23 de marzo de 1648, en El Sauzal, Tenerife, y desde pequeña se apasionó por la religión. Los vecinos no daban crédito a sus ojos cuando veían a la niña descalza arrastrando una pesada cruz por los empinados caminos del pueblo. A los veinte años de edad ingresó en la orden religiosa de Santa Catalina, en la ciudad de La Laguna, donde tomó el nombre de sor María de Jesús. No pasó mucho tiempo sin que su devoción llegara a oídos de las fuerzas vivas de la ciudad y que éstas trabaran relaciones amistosas con ella y elogiaran públicamente sus virtudes.

Por esa época también vivía el temido pirata tinerfeño Amaro Pargo, hombre audaz y temerario. Su rostro respondía a la imagen clásica de un pirata, curtido por el salitre de la mar y por los vientos recios que impulsaban su velero en pos de los tesoros que otros transportaban. Su patria era el azul marino y, en las aguas canarias, él era el dueño indiscutible. Sus correrías lo llevaron hasta el Caribe y siempre regresó victorioso, con su nave cargada de tesoros tan ajenos como ensangrentados. De cuantas historias se contaban sobre sus aventuras, hubo una que destacó sobre las demás. Tanto es así, que su relato ha llegado hasta la actualidad.

Este suceso comenzó un mediodía de julio, a bordo del barco de Amaro Pargo, cuando sus hombres todavía estaban ojerosos y amodorrados, porque la noche anterior había corrido excesivamente el ron a bordo. Hacía semanas que estaban en la mar y, excepto el ataque a una pequeña embarcación que transportaba fardos de tabaco, la travesía había transcurrido sin nada sobresaliente hasta el momento. Los hombres estaban aburridos, descontentos y manifestaban su desagrado bebiendo cuanto alcohol caía en sus manos.

La narizota de Amaro Pargo podía oler la tensión que flotaba en el aire de cubierta. Sólo dos días antes, uno de sus hombres tuvo un acceso de rabia y arrojó a un grumete por la borda, al cual nadie se molestó en salvar. Hasta entonces, el capitán había intervenido varias veces para cortar la peleas entre sus salvajes tripulantes y evitar que corriese demasiada sangre.

Amaro Pargo era un jefe comprensivo y estaba preocupado por esos signos de insatisfacción entre su gente. Podía entender perfectamente que su tripulación estuviera muy nerviosa, después de tanto tiempo sin gozar de una sola oportunidad de abordar un buen navío, robar unos cuantos lingotes de oro, matar a sus tripulantes y violar a algunas mujeres. El pirata elevó su mirada al cielo y rezongó algo en voz baja como para pedir un milagro que serenara a sus valientes muchachos. Luego, se dirigió a la popa a grandes zancadas, que era su manera de exteriorizar su autoridad.

Cuando Amaro llegó junto al timonel, éste le picó el ojo sano y le hizo una señal, avanzando la cicatriz de su barbilla hacia estribor. El Pargo puso su mano en la frente, a manera de visera, y comprobó que en el horizonte se divisaba tierra. Si no habían errado el rumbo, aquella línea azul tenía que ser la Isla de la Ganave, cercana a la costa oriental de La Española. Sin embargo, Amaro sabía que allí poco o nada iban a encontrar y no deseaba irritar más a la tripulación. De manera que decidió dirigirse a la mayor población de la zona francesa de La Española, una villa denominada Port-au-Prince. Amaro Pargo sabía que era muy peligroso provocar a los galos en su madriguera, pero aun así respiró con alivio por haber encontrado una salida a la agresividad de su cuadrilla, más temible que todo el ejército francés junto. Y, tras dar gracias al cielo, gritó:

–¡Tierra a la vista! Ja, ja, ja, ja. ¡Por fin habrá diversión, muchachos!

Los hombres, que antes parecían cansados y somnolientos, se levantaron y se movieron con rapidez por toda la cubierta. Tierra a la vista significaba presa a la vista. Y cuando esto sucedía, no hacía falta impartir órdenes a nadie. Cada cual sabía a la perfección lo que tenía que hacer. La gentuza del Pargo funcionaba como un reloj, como una mecanismo perfectamente engrasado, en el momento de desarrollar su trabajo. Hasta el barco pareció animarse cuando un grumetillo, que había logrado sobrevivir de puro milagro a la última parranda, trepó por una cuerda para colocar la bandera pirata en lo más alto. Ahora, la nave se movía con la celeridad de una flecha, en dirección a las costas de lo que muchos años más tarde sería la capital de Haití. Poco tiempo después, la embarcación entró en la bahía, mostrando con jactancia la gran bandera negra de su palo mayor. Los piratas fondearon en la mitad de la rada. A la escasa luz del crepúsculo, en los muelles no se podía ver ni un alma. Después de afianzar bien las anclas, subieron a los botes y remaron desesperadamente hacia tierra. Ni siquiera se preguntaron si los franceses se habían preparado para sorprenderles. Aquella pandilla de rufianes saltó a tierra con el talante de quien considera el mundo de su propiedad.

Apenas habían asegurado las lanchas, cuando sucedió que desde la parte trasera de una construcción baja y alargada salieron muchos soldados, en un número muy superior al de los recién llegados. Empezó una lucha feroz entre los dos bandos que rápidamente se fue convirtiendo en una carnicería. Aunque los hombres de Amaro Pargo eran muy diestros en el uso del sable y del puñal, pronto quedó claro que no tenían ninguna oportunidad frente a la abrumadora mayoría de los soldados de Port-au-Prince.

Amaro era un osado sanguinario, pero no un individuo ofuscado. De manera que dio la orden de retirada e intentó facilitar a sus hombres la huida en las barcas, atrayendo a los soldados hacia su persona, con insultos y provocaciones.

Realmente, Amaro Pargo luchó como un león. Era un verdadero experto usando el sable y el puñal y parecía una cobra rabiosa revolviéndose entre los aceros enemigos. Sin embargo, poco a poco, mientras la oscuridad se adueñaba del puerto, los franceses lo fueron rodeando. El resto de los piratas ya estaba a salvo en sus lanchas y muchos de ellos se dieron cuenta de que su jefe no tenía escapatoria. Amaro también lo sabía y, por un instante, sintió resbalar por la frente una gota de terror. Su sable había rodado por el suelo y estaba seguro de que llegaba su última hora. Observó cómo uno de los soldados levantaba su espada y la impulsaba hacia su pecho, con la intención de atravesarlo. Todo estaba perdido para él. Sus labios musitaron un amén, mientras en su retina se formaba lo que entonces conceptuó como una alucinación.

A partir de ese momento, esta historia se vuelve algo confusa y sólo se dispone del relato que más tarde contaría el propio Amaro Pargo a un escribano de Santiago de Cuba, el cual tuvo la ocurrencia de pasarlo a papel y de archivarlo junto con algunos documentos de compra venta de propiedades. Según consta en ese manuscrito, los hechos que Pargo contó podrían ser algo semejante a lo que sigue.

–Un grito unánime de asombro surgió de las gargantas de mis muchachos y de los soldados franceses, cuando vieron que la espada dirigida contra mi pecho era detenida por una figura borrosa que les pareció una monja resplandeciente en medio de la oscuridad –decía el pirata al escribano–. Yo la vi más claro que los demás, porque la tenía delante de mí, sonriéndome. Era nuestra paisana, la siervita sor María de Jesús. Ella se interpuso como escudo entre mi cuerpo y la espada del soldado, y salvó mi vida cuando todos la dábamos por perdida.

Sea como fuere, lo cierto es que Amaro Pargo aprovechó unos instantes preciosos que le permitieron saltar del muro donde se encontraba a un barril de ron. Desde el barril brincó al embarcadero. Y, del embarcadero se dejó caer en una de sus lanchas, que se alejó con rapidez hacia el navío fondeado en el centro de la bahía. Los franceses se sintieron burlados y recurrieron a los cañones, pero estaba escrito que aquella noche Amaro Pargo tendría la fortuna de cara y ni un solo proyectil impactó en el barco. Con el viento a favor, la nave desplegó su velamen y enfiló hacia aguas menos peligrosas. Más de la mitad de la tripulación se había quedado a criar malvas en el cementerio de Port-au-Prince. Sin embargo, parece que, a pesar de todo, los piratas canarios no regresaron de ese viaje con las manos vacías.

Naturalmente, para nadie de Tenerife era un secreto la procedencia de la fortuna de Amaro Pargo; sin embargo, igual que sucede en la actualidad, muchos hacían la vista gorda porque gran parte de sus ganancia se destinaban a fines honorables. Como todo el mundo sabe, este caballero de la mar donó muchos bienes a las iglesias y, sobre todo, al convento de Santa Catalina, como servidor devoto de la monja. Dios lo tenga en su gloria.

Amaro Pargo siguió causando estragos en los mares del mundo, pero se fue asentando en la ciudad de La Laguna, donde asistía con frecuencia a los santos oficios y se le dispensaba trato de buen cristiano y hombre de bien. Se cuenta que siendo ya una persona mayor pasaba los días sentado en el patio de una casa que tenía en el sitio donde le dicen Machado, con un catalejo en sus manos, oteando la mar por si aparecía algún barco con trazas de ir cargado de monedas de oro. Actualmente, de esta edificación sólo quedan algunas ruinas, restos de las paredes devastadas por quienes durante muchos años han intentado inútilmente encontrar sus tesoros escondidos.

En cuando a la Siervita, cada quince de febrero, se abren los portales del convento para que la población pueda contemplar su cuerpo incorrupto, casi trescientos años después de su muerte.

La ciudad del conde

El valle de Los Balos, en el municipio de Agüimes, en Gran Canaria, está limitado por una cordillera de montañas. Durante mucho tiempo, sobre este lugar, cada día de San Juan, se reunía un numeroso grupo de gente que pasaba la jornada mirando fijamente al valle. Se esperaba contemplar una visión milagrosa que lamentablemente nunca se presentó. Los que allí acudían no eran locos ni tontos, sino continuadores de una tradición que comenzó hace casi trescientos años.

Verán. En aquel entonces, vivía en la isla de Gran Canaria el conde de la Vega. No agobiaba el trabajo a este buen señor y disponía de muchísimas horas libres para aburrirse. Y para divertirse también, claro, porque una cosa lleva a la otra. Uno de sus pasatiempos favoritos consistía en dar largos paseos a caballo, visitando sus tierras. Aquella tarde de San Juan, poco antes del oscurecer, cabalgaba el conde en una yegua torda por el camino real que cruza Los Balos.

Se encontraba en un risco sobre el valle, contemplando aquel terreno yermo, cuando le vino a la memoria una visita que había tenido no hacía muchos días. Se trataba de un aparcero que expulsó de aquellas tierras, porque le había fallado en los pagos. La joven mujer del aparcero hasta se puso de rodillas para rogarle piedad. Dijo que habían tenido una mala cosecha, que apenas había llovido, que tenía que alimentar a cuatro niños... El conde de la Vega suspiró. Normalmente, era su apoderado quien se ocupaba de estos asuntos y, en su opinión, era hombre demasiado suave con los morosos. De cualquier manera, aquellos insolventes ya estaban fuera y había que buscarle una solución a estos terrenos.

Bajó de la yegua y fue a sentarse en una de las piedras. Meditando, dejó rodar sus ojos sobre el valle de Los Balos. Súbitamente, este valle seco y árido se transformó en una oasis hermosísimo con casas de estilo árabe y palmeras, cuyas hojas bailaban con la brisa. Estupefacto se frotó los ojos. La visión no se iba. Se pellizcó una mano y después las mejillas. Nada, la ciudad era más terca que su incredulidad y allí continuaba plantada. No, no parecía un sueño. Aquella visión aparentaba ser tan sólida como los hierbajos que tenía a sus pies, como su yegua torda y como él mismo. Delante suyo se extendía un fértil oasis rebosante de maravillosos edificios.

El conde viajaba con frecuencia al extranjero, pero nunca en su vida había visto algo tan hermoso. Su enfado con el aparcero se esfumó por completo y sus mejillas se humedecieron por las lágrimas que escaparon de sus ojos ante visión tan sublime. De pronto, se sintió impulsado a mostrar *su* ciudad al resto del mundo. Subió a la montura y galopó para contar a todos el portento que había aparecido en *sus* propiedades. Nadie creyó al conde lo que contó pero, con curiosidad malsana, le siguieron hasta el lugar donde había visto el espejismo.

Cuando llegaron, aquel seco valle de Los Balos ofrecía su cara de siempre, es decir, un erial improductivo. La gente miró al conde con más asombro que sorna.

Lo conocían como hombre realista, frío e inteligente, no como un soñador o un visionario y aquel suceso les parecía incomprensible. Alguno fue capaz de insinuar, en voz baja, que la visión del conde era consecuencia de su arrepentimiento de los abusos cometidos con los aparceros, pero eso provocó las risas de los presentes.

El Conde de la Vega insistía en que él había visto una bellísima ciudad en el valle y, como no se le notaba otro signo de locura, la gente fue admitiendo su historia hasta darla por cierta. Nada hace más creíble algo increíble que la repetición machacona y la apariencia opulenta de quien lo cuenta.

Al año siguiente, en el día de San Juan, el conde estaba seguro de que su visión se repetiría. Por si acaso le pasaba lo mismo que en la ocasión anterior, invitó a todo el pueblo a una comilona en los riscos que se hallan sobre el valle de Los Balos, para que fuera testigo de lo que sucediera. También llegaron sus amigos de la ciudad, incluyendo a militares, clérigos y comerciantes. Los aristócratas declinaron la invitación con delicadeza y los poetas, finalmente, no fueron invitados, por temor a que compusieran alguna sátira si la ciudad mágica no aparecía.

Allí se cantó, se bailó, se bebió e, incluso, se dijo alguna palabra mal dicha o mal interpretada, hubo sus más y sus menos, pero visiones no hubo. Ni una sola casa de la ciudad encantada apareció. Nada. El conde se quedó con un palmo de narices y la gente se fue a su casa contenta por la buena comida, aunque algo decepcionada por no lograr ver la ciudad de las palmeras.

Año tras año, mientras vivió, el conde de la Vega continuó invitando al pueblo de Agüimes al valle de Los Balos, el día de San Juan, para comer, beber, bailar, pelear y ver la maravillosa ciudad que nunca aparecía. Cuando se murió el conde, se acabaron los obsequios de bebidas, pero la gente del pueblo continuó la tradición de ir, cada 24 de junio, al valle de Los Balos a darse una comilona mientras esperaba que la misteriosa ciudad se mostrara.

La leyenda de la Pared de Roberto

Hubo en La Palma una historia de amor tan extraordinaria que hasta los niños de pecho la escuchan todavía, cuando en las noches de invierno las madres piden a los abuelos que vuelvan a contarla, mientras los truenos retumban en las paredes de La Caldera y los relámpagos atraviesan veloces los espejos, camino del mismo infierno.

Los inocentes oídos de los infantes oyen, aunque no entiendan, cómo un pastor de Garafía conoció a una bella joven en el valle de Aridane. La vio por vez primera una tarde en que visitaba a unos parientes que moraban en el pago de Argual. Se encontraron de frente en el camino. Como era preceptivo, él se apartó para que pasara y ella bajó los ojos para evitar equívocos, pues ya estaba casada. Con todo, bien fuera porque la joven pensó que ya había rebasado el lugar donde estaba detenido el pastor, o por otra razón cualquiera, lo cierto es que ella levantó la mirada del empedrado del camino y se encontró con unos grandes ojos negros que la contemplaban. ¿Surgió entonces el amor? ¿Fue sólo que las almas de ambos jóvenes se asomaron a sus pupilas y se estremecieron de gozo al sentirse gemelas, o sucedió otra cosa? ¿Quizás serían las tonalidades doradas de la tarde o la ráfaga de aire tórrido que pasó en aquel instante y les hizo confundir su calidez con el amor? No somos nadie para afirmar una cosa u otra porque ¿si no sabemos de qué manera nos enamoramos nosotros mismos, seremos capaces de asegurar cómo se enamoran los demás? No obstante, y esta historia lo corroborará fehacientemente, el amor surgió en aquel punto del camino.

Ellos también lo supieron en ese mismo instante y no perdieron un minuto en cruzar palabras amables, galanterías, planes y promesas para verse de nuevo en un rincón escondido del barranco de Las Angustias. Sin embargo, había un grave impedimento: a esta hermosa joven la habían casado desde muy joven con el hijo de un rico hacendado de Los Llanos. Desgraciada o afortunadamente, el amor no sabe de los compromisos humanos.

La primera cita fue al día siguiente. Ella temblaba de ansiedad, él palpitaba por desazón. Ella le ofreció sus labios y él acarició su pelo. Los gestos ahogaron las palabras y las caricias hicieron un discurso de ternuras. Nunca supieron el tiempo que permanecieron juntos la primera vez y se maravillaban de que el sol ya no estuviera en el mismo sitio y, al mismo tiempo, de que no fueran ya una pareja de ancianos. Creían haber estado juntos una vida entera y, simultáneamente, tenían la sensación de que habían pasado sólo unos segundos el uno al lado del otro.

Pese a todo, llegó un momento en que la realidad se impuso y tuvieron que separarse: ella bajó en dirección a Argual y él inició el ascenso de las paredes de La Caldera de Taburiente, hasta alcanzar el Pico de los Muchachos y llegar a su choza de pastor, entre los pinares de Garafía. Esa noche nacieron poetas en todos los países del mundo y los que ya vivían se sintieron súbitamente inspirados, y se llenaron los libros de poemas de amor y las muchachas casaderas lloraron de felicidad sobre sus almohadas tibias sin saber a qué se debía tanto frenesí en sus corazones. Nuestros jóvenes enamorados soñaban y sonreían.

Desde entonces el pastor emprendió el camino de Garafía hacia Aridane para ver a su amada tantas veces como le era posible. Tomaba el sendero que cruzaba el Roque de los Muchachos, bebía un sorbo de agua helada en la Fuente Nueva y bajaba brincando con su lanza por las paredes rocosas de La Caldera hasta llegar al lugar de Taburiente. Luego continuaba por las piedras doradas del arroyo del Almendro Amargo, cruzaba a la sombra del enhiesto Roque de Idafe y junto a Las Cascada de los Colores. Siempre en dirección a Aridane. Siempre acercándose a su amada.

La muchacha lo esperaba impaciente en una gruta. Poco antes, había abandonado la casona de su finca con cualquier pretexto, casi a la carrera, para esperar a su amor. El encuentro de sus cuerpos no contribuía a disminuir su pasión, sino a incrementarla. El tiempo trazaba espirales en sus corazones. Hubo ocasiones en que confundieron los ardores del presente con los de fechas pasadas y hasta ulteriores. Ambos estaban atrapados en una vorágine de amor y parecía que nadie podría rescatarlos de ella.

¿Nadie? Jamás debe emplearse esta palabra en los asuntos de este mundo, por muy imperecederos que nos parezcan, porque es previsible que nos equivoquemos. Las convulsiones del amor mueven las líneas del tiempo y los mundos se desequilibran. Seres de otra naturaleza se sienten importunados o, simplemente, aludidos, e interfieren en las relaciones afectivas. Eso fue lo que sucedió en el caso que nos ocupa y estas excesivas alteraciones amorosas no podían menos que provocar los celos de Roberto. El diablo se llama Roberto y un día decidió poner término a tanto arrumaco.

Ciertamente, el demonio trabajó mucho aquella noche y tanta agua bebió, por la sed que le produjo su trabajo, que casi secó la Fuente Nueva. Desde que se puso el sol hasta que despuntó, el demonio no paró de amontonar piedras para construir una pared; un muro grueso, fuerte y alto que ningún hombre fuese capaz de atravesar, de rodear ni de escalar. Cuando salió el sol, tomó uno de sus rayos y fundió las piedras de la muralla de tal manera que no quedara entre ellas el mínimo resquicio. Luego, adoptó la figura de un viejo tullido y se sentó junto a la Fuente Nueva a contemplar su obra.

A media mañana apareció el pastor y vio la pared. Se frotó los ojos y llevó sus manos a la cabeza, pensado que sufría alucinaciones. Con cautela, avanzó empuñando su lanza y empujó el muro de piedra con ella. No se movió ni un centímetro. Le propinó duros golpes con el regatón y comprobó que era duro basalto. Intentó rodearla, pero ambos extremos terminaban en el abismo. Caminó hacia atrás, tomó impulso, clavó su lanza en el suelo e intentó saltar sobre la pared. Únicamente consiguió caerse y lastimarse.

En ese momento, escuchó detrás suyo una risilla cascada. Giró la cabeza y vio que un viejo lo observaba con cara de chivo burlón.

—¿A dónde vas, muchacho? —preguntó el viejo— ¿Tan importante es quien te espera y tanto te molesta que esta pared corte el sendero?

—Nadie me espera, abuelo. Simplemente quiero buscar una cabra que se me extravió ayer en el interior de la Caldera de Taburiente.

–¡No me mientas, campesino estúpido! –gritó Roberto y la rabia incontenible que lo poseía propició que se evidenciaran sus cuernos y sus patas de macho cabrío.

El pastor retrocedió con gran temor.

–No te vayas ahora, pastorcito –dijo Roberto–. ¿O es que vas a abandonar a tu amada en el primer contratiempo que se te presenta?

–Eres el diablo, ¿verdad?

–Ni más ni menos. Mi nombre es Roberto y me he pasado la noche construyendo esta pared en tu honor. Estaba sentado, esperándote, para no perderme el espectáculo de tu cara desolada. Lo siento, pero se acabaron los paseos amorosos.

–¿Por qué haces esto?

–Alguien tenía que decirte que lo tuyo son los quesos y no las esposas de los caballeritos. ¿No sabes que soy el encargado de que cada persona esté integrada en una clase social y que no trate de intercalarse en otra superior? Yo sólo cumplo con mis obligaciones, muchacho.

El mozo se agachó, tomó una piedra y la arrojó con fuerza sobre Roberto, pero éste cambió de lugar en un abrir y cerrar de ojos. El proyectil se perdió en el vacío.

–Escucha, galán descamisado. Si quieres atravesar este muro, debes darme algo que me compense el trabajo de esta noche. Siéntate junto a la fuente y medita sobre ello, tal vez encuentres una solución. Además, voy a obsequiarte con un prodigio: a partir de hoy, esta fuente se va a llenar y a vaciar cada seis horas: el agua bajará y subirá con el reflujo y el flujo de los océnos: si eres capaz de beber tres veces en tres mareas distintas, se te ocurrirá una solución.

Esta vez el joven utilizó su lanza para intentar partir la cabeza de aquel maldito diablo burlón, pero sólo consiguió romperla contra la pared de Roberto. El demonio había desaparecido. Lo buscó con la mirada, lo llamó, pero no quedaba ni rastros de él. Por fin, rendido, se tendió junto a la fuente y contempló la muralla que le impedía ir a ver a su amada.

Así transcurrieron muchas horas, hasta que decidió hacer caso del consejo de Roberto. Había pasado la mañana y llegó el calor del mediodía. La fuente estaba rebosante de agua. Bebió un sorbo, usando sus manos como receptáculo. La tarde se derramó con suavidad en la cumbre. Al oscurecer, la fuente disminuyó su volumen hasta secarse por completo. La noche, con un frío intenso, hizo su aparición. A la hora de las brujas, fue pleamar y bebió por segunda vez. El mancebo no se alejaba de la fuente, atento al subir y al bajar del agua, como si fuese un océano de juguete. Tomó el tercer sorbo, justo cuando el cielo se iluminó de rosa y oro. Con la llegada del primer rayo de sol, se le ocurrió una idea. Se puso en pie y, utilizando sus manos como bocina, gritó:

–¡Roberto! ¿Quieres mi alma? ¿La quieres?

El diablo se hizo visible lentamente. Apareció sentado en lo alto de su pared. Había adoptado la forma de la amada del pastor y éste se estremeció al verlo de esa guisa.

–¿Y para qué quiero yo un alma simple como la tuya, muchachito? No creo que tenga más valor que un cuarterón de leche de oveja.

–Si me dejas pasar a ver a mi amada, te entrego mi alma y mi cuerpo. Te lo prometo.

–Ah, no –respondió Roberto, haciendo un gesto obsceno–. A mí no me engañas con promesas que después intentarás no cumplir.

El diablo dio un salto y se situó a un paso del pastor. Se mantenía sobre dos patas de macho cabrío, el cuerpo parecía el de un cerdo, pero las manos y el rostro eran como los de la muchacha de Argual.

–Si quieres pasar –dijo el diablo, muy despacio, mirando intensamente a los ojos del joven–, tienes que jurarlo. Jurarlo por el amor de tu amante que hoy volverá a esperarte en la gruta de Las Angustias...

–Lo juro, Roberto. Te juro que esta noche te entrego mi cuerpo y mi alma si me dejas llegar a tiempo de abrazar hoy a mi amada.

Casi no hubo terminado de manifestar su juramento, cuando el diablo proporcionó tal manotazo a la pared que abrió un enorme agujero por donde se podía transitar con toda comodidad. Las piedras arrancadas rodaron hasta el fondo de La Caldera y allí se escuchó un gran estrépito. El demonio se transmutó en un ser casi etéreo y, antes de desaparecer, le susurró al oído:

–No te entretengas, amigo, tu amada te espera. Y no olvides que esta noche tienes aquí, junto a la fuente, una cita conmigo. ¿Te imaginas lo que voy a hacer con tu cuerpo?

Nunca más se supo del pastor. La familia de la joven ofreció mucho dinero a quien ofreciera alguna noticia sobre su paradero. No hay otro dato sobre el final de esta historia, pero eso no quiere decir que no sea cierta. La pared y el agujero existen todavía y en la Fuente Nueva se puede beber agua, excepto cuando la marea baja y se queda seca...

Aparición de la Virgen de Guadalupe

Transcurre el siglo XVI. Estamos en aguas próximas a las Islas Canarias. Un velero español navega con buen viento hacia América. Está a punto de caer la noche. Los marineros permanecen en cubierta, gozando de la brisa fresca y del incomparable espectáculo del gran monte nevado que parece elevarse hasta el firmamento. El piloto enfila la proa hacia la isla de La Gomera, una imagen azul que parece flotar en la atmósfera naranja del atardecer. Después oscurece y el cielo toma un intenso color añil. La luna llena sale con un esplendor singular.

La marinería marcha a descansar a regañadientes, pues le gustaría seguir disfrutando de la noche. Pocas horas más tarde, se escucha la voz del timonel, reclamando al capitán. Un grumete es el encargado de ir a despertarlo.

—Capitán —dice el piloto—, ¿no le parece a vuestra merced extraña esa luz que brilla en la costa?

El capitán es un viejo lobo de mar, curtido en innumerables travesías al Nuevo Mundo. Se frota los ojos para alejar la modorra, aguza la vista y mira en la dirección que le señala su timonel.

—Sí —murmura—, es muy extraña. Nunca había visto una luz tan blanca que pareciera como si sólo en aquel rincón fuese de día. ¿Dónde nos encontramos, Borjas?

—Frente a las riberas del sur de La Gomera, señor.

—Escúchame bien. Sin armar alboroto, imparte las órdenes oportunas para que la nao se quede al pairo hasta que amanezca. Ocupa el menor número posible de hombres y que el resto no se entere de la maniobra, y mucho menos de la presencia de esta luz. No quiero agitaciones a bordo. ¿Me has entendido?

—Si, señor. Vaya su merced a descansar tranquilo, yo me ocuparé de todo.

En poco tiempo, las velas están arriadas y el barco permanece casi inmóvil, frente a la luz misteriosa. Cuando sale el sol, se puede apreciar un resplandor mayor que el contemplado la noche anterior, saliendo de lo que parece ser una gruta.

El capitán, hombre imperturbable en cualquier circunstancia, ya está levantado y se encuentra bebiendo un poco de agua, con la vista fija en la costa, pero sin hacer ningún comentario. Al rato, se acerca al contramaestre y le ordena:

—Prepare una lancha. Voy a saltar a tierra con cuatro marineros. Dígales que lleven mosquetones y sables.

Cuando la barca está a punto de alcanzar la arena de la pequeña cala, la luz de la cueva se intensifica. Los marineros hacen un gesto de temor, pero su jefe les conmina a remar más aprisa. El capitán salta a tierra el primero y espera a que sus hombres aseguren la embarcación. Luego, todos avanzan hacia la gruta. Cuando llegan a ella, pueden observar que en su interior se encuentra la imagen de una Virgen sobre una piedra. A su lado, hay un gran espejo que refleja la luz del sol y los deslumbraba. El astro rey aún está cerca de la línea del horizonte y sus rayos inciden directamente en el cristal.

El capitán, intrigado, entra en la cueva y se queda mirando aquel icono de color oscuro, ricamente vestido. Pasa su mano sobre el marco dorado del gran espejo que descansa a su lado. Hombre parco en palabras, no hace comentarios. Únicamente, ordena recoger ambos objetos y trasladarlos al barco.

Cuando están nuevamente a bordo, un fraile extremeño que se dirige a América reconoce la imagen como la Virgen de Guadalupe. El capitán se lleva el espejo a su camarote, pero no sabe qué hacer con la talla y decide regalársela al clérigo. Después, el barco pone rumbo a la cercana villa de San Sebastián de La Gomera, para reponer agua y víveres frescos.

En esa época, el Señor de la isla es don Guillén Peraza de Ayala, quien se entera por el fraile del hallazgo de la imagen. De inmediato, declara que la aparición es milagrosa y que se debe devolver la imagen a la cueva donde fue encontrada. Allí, se celebra una peregrinación y se canta una misa, en honor a la Virgen de Guadalupe que desde ese momento es nombrada Patrona de La Gomera. De ahora en adelante, la imagen permanece en el lugar de su aparición, en Puntallana. Posteriormente, se fabricará allí mismo una ermita, donde se habría de celebra una fiesta cada año.

El Salto del Pastor de Puntallana

Hace muchos años, vivía en la zona de Puntallana una bella muchacha de familia acomodada. Cierto joven pastor se enamoró de ella con locura y jamás dejaba pasar cualquier oportunidad de contemplarla, aun sabiendo que su nivel social no le permitiría acercarse para declararle su amor.

La gente del pueblo comenzó a murmurar sobre el comportamiento del pastor. Poco a poco, el infeliz muchacho fue objeto de burlas y bromas de mal gusto. Pasaron los meses y las estaciones, pero el apasionamiento del enamorado no disminuía. La conducta del corazón humano es imprevisible y, algunas veces, la presencia de obstáculos en las más difíciles situaciones, en lugar de acabar con los ánimos, acrecienta las ilusiones. Era extraordinario contemplar cómo la carencia de esperanzas aumentaba el amor del pastorcillo.

Cuando la joven se dio cuenta de los sentimientos del pastor, se sintió halagada y le enterneció esta inocente pasión amorosa. Pero pronto le resultó enojoso que el muchacho siempre apareciera por sus alrededores y que la observara con sus grandes ojos tristes. Varias veces sus padres tuvieron que expulsar de la finca al empalagoso enamorado. Sus amigas se reían del perseguidor obstinado. Los niños lo hostigaban, le tiraban piedras y lo insultaban. Hasta un viejo borracho llegó a componer unas décimas burlescas que se cantaron en las fiestas de San Juan.

Por desgracia, llegó aquella hermosa y soleada mañana de domingo. El pastor sabía que su amada iría a misa y él también fue. Después de la ceremonia, cuando los feligreses salieron a la plaza y las familias hablaban distendidamente de los asuntos de la semana, la joven se acercó al pastor.

–Dicen que tú me amas con locura –le dijo en voz baja–. Pero yo no sé si ese comentario será cierto. Si sientes tanto amor, ¿por qué no me lo demuestras en lugar de estar acechándome como si fueras un hurón?

–¿Qué quieres que haga? –respondió el pastor con el corazón saliéndosele por la boca–. Dime lo que sea y lo llevaré a cabo sin parpadear.

Ella entornó los ojos, con fingida modestia, y dijo:

–Si te atreves a cruzar de tres saltos el barranco de La Galga, creeré que me amas. Y me casaré contigo.

Aquel barranco es muy profundo. Naturalmente, la joven pensaba que con esta proposición iba a intimidar al pastor. Quizás esperaba convencerl0 para que abandonase su actitud de perro enamorado y hacerle comprender que su deseo no se podría cumplir jamás, y que debía alejar de su corazón aquella pasión descabellada.

La muchacha no contaba con la posibilidad de que el pastor intentaría brincar sobre el precipicio. No obstante, tan pronto el mozo terminó de oír sus palabras, en su pecho anidó la resolución de cumplir la solicitud de su amada.

Palpitando de impaciencia, el joven esperó hasta el siguiente amanecer. Ahora, por primera vez, veía un rayo de esperanza. Su pasión y su entusiasmo eran tan formidables que todos los obstáculos del mundo le parecían salvables.

Cuando amaneció, él ya estaba al borde del barranco. El cielo lucía más cárdeno que de costumbre y las nubes, con su cargamento de oro, parecían a punto de desplomarse. A su alrededor, se hallaban sus vecinos, a quienes avisó la tarde anterior para que fuesen testigos de su hazaña y pudieran refrendar ante su amada cómo la llevaría a cabo.

Aquella buena gente intentó convencerlo para que abandonara su insensato proyecto. Pero fue en vano. El pastor empuñó su larga vara y caminó hacia la piedra donde iba a iniciarse el salto. El abismo se abría debajo como una garganta ciclópea. Sin miedo, tomó impulso, apoyó la punta de su vara en el suelo y, con un salto colosal, se lanzó al abismo, gritando:

–¡Por la gloria de Dios!

Su figura ascendió en el aire limpio. Los rayos de sol hicieron brillar su chaleco de lana y lo resaltaron sobre el fondo de sombras del cauce, y refulgía como si el vellocino del rey de Cólquide cruzara el azul del firmamento. Todos tenían contenido el aliento, observando su trayectoria elíptica.

Unos instantes más tarde, nadie pudo creer lo que veía. El pastor estaba sano y salvo, al otro lado. Se oyó un murmullo de expectación cuando lo contemplaron preparándose para el segundo salto. Corrió, hincó en el suelo la vara y, como si fuese un pájaro, cruzó el aire hasta la siguiente roca.

–¡Por la nobleza de mi pueblo! –se le oyó exclamar, mientras saltaba.

Otra vez llegó sano y salvo. No se detuvo a recobrar aliento. Ya seguro de su victoria, se lanzó hacia el tercer y último salto que era el menos complicado. Por haberse girado la posición del pastor respecto al astro rey, cuando sus pies despegaban del suelo, un rayo de sol que atravesó las nubes le anegó los ojos. Deslumbrado, perdió, durante un momento, el control de su maniobra. En el instante siguiente, ya era tarde para reconducir el salto. Sabiendo el resultado de antemano, el pastor extrajo el valor que aún quedaba en su corazón y lanzó el grito más alto que se haya escuchado jamás en la isla:

–¡Por mi amor!

Poco antes del otro margen del barranco, su cuerpo perdió el impulso. Los vecinos pudieron contemplar cómo parecía chocar contra una muralla de cristal y la lanza escapaba de sus manos. Lo vieron descender agitando los brazos, igual que un pelele, hacia el fondo del abismo hasta que lo perdieron de vista. Nadie pudo encontrar su cuerpo.

La joven enloqueció después de este incidente. El pobre pastor se había matado por su amor. Con sus pretensiones, ella lo había empujado hacia una muerte cierta. Los sentimientos de culpabilidad, las miradas acusadoras de los vecinos y el recuerdo del gran amor del pastor la condujeron a la demencia. Desgreñada, con el pelo suelto y chillando incoherencias salía de su casa cada vez que sonaban las campanas de la iglesia para anunciar un entierro. Corría hacia el ataúd, gritando el nombre del pobre pastor, exigiendo que le enseñaran su cuerpo destrozado.

En la actualidad, cerca del caserío conocido como La Galga, en el norte de La Palma, hay un lugar denominado El Salto del Pastor. Es el mismo sitio donde hace muchos años sucedió esta tragedia que tuvo como protagonistas al amor y a la muerte.

Leyenda de Gara y Jonay

Había una vez una joven de ojos tan hermosos y brillantes como una mañana de verano. Quienes la contemplaban no podían resistir la belleza de su mirada y se enamoraban de ella con tanta fuerza como las mariposas son atraídas por el néctar de las flores. Se llamaba Gara.

Había también una isla hecha de montañas gigantes y de bosques tan verdes como las hojas de la hierba fresca. Quienes la habitaban tenían todo cuanto necesitaban para vivir y no deseaban estar en otro lugar. Se llamaba La Gomera.

Y hubo un tiempo en que los gomeros tenían costumbres diferentes a las actuales: se vestían con pieles de cabra y llevaban cintas azules y rojas alrededor de su frente a modo de banderas, la bebida más frecuente era la dulce miel de palma, los niños eran entrenados para la guerra tirándoles pelotitas de barro que debían esquivar, el gofio lo hacían de la raíz de los helechos dulces, las montañas se bajaban dando grandes saltos con larguísimos palos llamados *astias* y el silbo era el lenguaje para hablar en la distancia.

En ese tiempo, Gara vivía en La Gomera. Dicen que fue una princesa, pero ella era mucho más que una princesa: nunca estaba ociosa, no andaba presumiendo de tener un padre rey ni llevaba siempre compuesta en los labios una insulsa sonrisa. Gara era una campesina que mimaba a los niños, una pastora que amaba a sus cabras y ovejas, a cada una de las cuales conocía por su nombre.

Una tarde fue a la playa. Deseaba coger lapas para ofrecer una buena comida a su anciano abuelo, el cual vivía en la misma cueva que el resto de la familia. El abuelo se volvía loco de contento cada vez que su nieta le llevaba lapas para comer. Pero, claro, había un pequeño problema, ¡en su boca casi no quedaban dientes y tardaba horas en masticar cada uno de aquellos animalitos marinos! Sin embargo, Gara sabía lo feliz que hacía al viejo un puñado de lapas y, de vez en cuando, se las buscaba, intentado escoger las más pequeñas y tiernas.

La joven era ágil y pasó de una roca a otra, empuñando en su mano una piedra afilada con la que iba golpeando las conchas de lapas para que se desprendieran de la roca, y las guardaba a continuación en una bolsa de piel de cabra que colgaba de su cintura.

Cuando consideró que ya tenía bastantes lapas, Gara, llegándole el agua del mar casi hasta la cintura, se dispuso a volver a la playa. El cielo tenía un color naranja que se tornaba más grana a cada instante, porque era la hora del atardecer y el sol iba a entrar en el horizonte.

La muchacha quedó prendada del magnífico espectáculo que la naturaleza le ofrecía y volvió sus ojos en dirección a la bola de fuego del astro rey. Entonces le pareció ver algo flotando en el agua.

De vez en cuando, el mar traía los restos de algún gran animal marino y los arrojaba a la arena de la playa. Gara recordaba haber visto, cuando era una niña, un enorme rejo, parecido al de un pulpo, que las olas habían depositado cerca del lugar donde ahora se encontraba. En otra ocasión, llegó un pez tan grande que no pudieron moverlo entre veinte hombres fuertes, por mucho que lo intentaron.

Se puso una mano encima de los ojos e intentó adivinar a qué clase de animal pertenecería aquello que venía flotando. Tenía el sol de frente y no pudo ver bien. Sin embargo, pronto se levantó la brisa y el bulto fue arrastrado hacia donde ella se encontraba. Cuando estuvo a menos de un tiro de piedra, Gara dio un respingo al advertir que una parte de «aquello» se había movido.

–¡Este animal está vivo! –se dijo con voz de alarma.

La brisa sopló un poco más fuerte y el bulto se aproximó aún más a la orilla. Cuando estaba a escasa distancia de la muchacha, ésta pudo distinguir perfectamente de qué se trataba.

–¡Es asombroso! –gritó Gara– ¡De verdad es la cosa más asombrosa que he visto en mi vida!

Se zambulló en el agua y en dos brazadas estuvo junto a lo que venía flotando. Lo sujetó con una mano y lo remolcó hasta la arena.

La joven contempló admirada lo que acababa de sacar del mar. Se trataba de dos pieles de cabra infladas y, atado a ellas, un hombre joven que estaba semi inconsciente.

–¡Lo veo y no lo creo! –repetía Gara, mientras desataba al náufrago de su original embarcación.

Pronto acudió más gente que llevó al muchacho hacia el poblado, mientras los chiquillos se quedaron jugando con los «foles», discutiendo cómo era posible que alguien se mantuviese a flote sobre aquello.

El hombre del mar tenía fiebre y deliraba. Lo habían acostado en un lecho de pieles, en la cueva de la familia de Gara. Su madre intentaba darle de beber unas gotas de jugo de cardón, el cual se consideraba un excelente remedio contra las fiebres altas. Durante la noche no recobró el conocimiento y, cuando ya hacía rato que el sol brillaba, abrió los ojos. Vio a Gara. La muchacha se había quedado a cuidarle mientras estuvo inconsciente.

Sí, vio a Gara y se enamoró de Gara. Instantáneamente. Cerró los ojos, volvió a abrirlos y allí continuaba el rostro más bonito que alguien puede ver en este mundo.

–¿Quién eres? –preguntó la muchacha.

–Jonay, me llamo Jonay –contestó la voz extenuada del náufrago. Luego se incorporó un poco, miró con curiosidad a su alrededor e indagó:– ¿Dónde estoy?, ¿qué lugar es éste?

–Estás en Gomera, la tierra de mis antepasados. Te hemos recogido del mar, donde estabas atado a dos foles llenos de aire. ¿Qué crimen has cometido para que te dieran tan terrible castigo?

–¿Crimen? –Jonay sonrió débilmente–, no he cometido ningún crimen. Yo mismo me até a los foles para que me ayudaran a llegar a esta isla. Vengo de Tenerife, la tierra donde está el Teide, la gran montaña de fuego. Quería saber qué gente vivía en esta tierra tuya, si sus costumbres eran como las nuestras, si podría entender su idioma,...

–¿Y has cruzado esa gran distancia, arriesgando tu vida para saber cómo vivíamos en La Gomera? Sólo un héroe o un loco puede hacer cosas tales. ¿Qué clase de hombre eres tú?

—Tendrás que averiguarlo por ti misma —contestó Jonay con una sonrisa franca en su moreno rostro.

Gara le miró con fijeza y sintió que comenzaba a enamorarse del osado náufrago Jonay.

Los días fueron pasando y el joven recuperó la totalidad de sus fuerzas. Los gomeros lo acogieron bien y, como entendían perfectamente su lengua, pasaron muchas horas conversando sobre las costumbres de una y otra isla.

Entre Jonay y Gara fue creciendo algo más que amistad o simple admiración por sus cuerpos jóvenes y bellos. Era evidente para todos que los dos jóvenes estaban enamorados. La madre de Gara lo comentó con el padre una tarde y la reacción de éste no se hizo esperar.

—Le dices al extranjero que salga hoy mismo de mi casa y que no vuelva jamás a poner sus pies en ella ni a posar sus ojos sobre mi hija.

Al recibir la noticia, Jonay quedó consternado. Cuando intentó hablar con el padre de Gara, éste le dio la espalda y sólo dijo:

—Vete, extranjero, si quieres continuar con vida.

El joven tomó el camino que conducía al bosque, sin tener siquiera el valor de despedirse de su amada. Sin embargo, a poca distancia del poblado, Gara lo esperaba.

—Me voy contigo —dijo ella.

—No. Tu padre no te perdonará jamás si vienes conmigo.

–Es igual, Jonay. ¡Ya no podría vivir sin ti! A donde tu vayas también iré yo y si va a ocurrir algo malo, quiero estar a tu lado.

Fue así como los amantes decidieron huir juntos hacia el otro extremo de la isla y, tal vez, marcharse por mar hasta una tierra donde pudieran amarse sin temor. Con estos ánimos comenzaron a caminar todo lo rápido que podían.

En la aldea se dio la voz de alarma: Gara había desaparecido.

–¡El extranjero ha raptado a Gara! –gritó alguien.

–¡Persigámosles! –dijeron otras voces – ¡Recuperemos a Gara!

Pronto, un pequeño ejército, armado con varas endurecidas al fuego y con peligrosos proyectiles de piedras afiladas en las manos, se dispuso a perseguir a los enamorados. Ya era noche cerrada y el ruido de los perseguidores llegó hasta los oídos de los que huían.

–¡Quédate, Gara! –susurró Jonay– Si te encuentran sin mí no tienes nada que temer.

–¡No! –contestó ella– ¡Jamás te dejaré! Sígueme, conozco un sendero que nos llevará al pico más alto de la isla. Es la única manera que tenemos de hacerles perder nuestra pista.

No se veía la luna ni las estrellas. La oscuridad estaba revuelta por el viento del norte y las nubes amenazaban tormenta. Perseguidores y perseguidos corrían por caminos que subían y subían sin descanso como si llegaran hasta el cielo. Una lechuza asustada emitió un grito que se perdió entre los brezos gigantes. A veces, los guerreros acortaban las distancias y los jóvenes sentían muy cerca a quienes les perseguían.

Un esfuerzo supremo consiguió alejarlos de los que iban tras ellos, mientras un tremendo aguacero comenzó a caer sobre el bosque, impidiéndoles seguir la marcha al mismo ritmo. Sin embargo continuaron adelante, arriba, siempre arriba. Luego cesó el agua. Las nubes dejaron un gran claro en el cielo y la luna llena les iluminó el sendero. Ya no oían los gritos de los perseguidores. «Probablemente nos han perdido el rastro», pensaban, y continuaron caminando hacia la cima.

Poco tiempo después, llegaron a la punta de la montaña. Allí, bañados por la luz de la luna, se abrazaron y se amaron con ardor. El tiempo se deslizaba raudo entre los cuerpos enamorados; ya comenzaba a amanecer. Junto a los primeros rayos de sol, llegó hasta ellos el griterío de quienes les perseguían durante la noche. Los jóvenes veían desvanecerse sus esperanzas y comprendieron que iban a separarlos para siempre.

Mientras los gritos se acercaban, Gara tomó una rama y la afiló por ambos extremos con un trozo de basalto. A continuación, apoyó sobre su pecho una de las puntas y puso la otra en el pecho de su amado Jonay, y le dijo:

-Amor mío, abrázame.

Jonay abrazó a Gara. Gara abrazó a Jonay. El palo afilado atravesó sus pechos y los unió para siempre en el amor, en la muerte...

Cuando llegaron los parientes de Gara, contemplaron horrorizados los cuerpos unidos por el fatal abrazo.

Jonay y Gara.

Gara y Jonay.

Garajonay.

Así se denominó entonces al pico más alto de La Gomera y así se llama ahora, en recuerdo de estos enamorados y de la romántica leyenda que relata su trágico final.

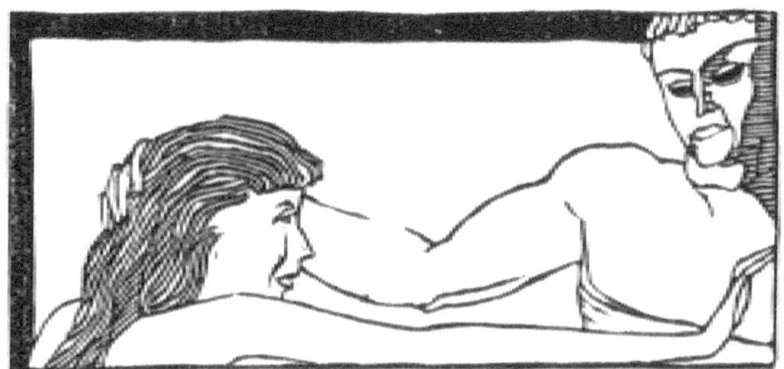

El sudor de San Juan

Hay en la iglesia de la Concepción, en La Laguna (Tenerife), un óleo en el altar que representa a los evangelistas. Sobre este cuadro se cuenta una historia excepcional, acaecida en 1648.

Durante ese año se desarrollaron las famosas batallas de Cromwell contra Carlos I, en Inglaterra; en Francia, comenzaba una rebelión antimonárquica; en Polonia ,se perseguía ferozmente a los judíos expulsados de otros países europeos; y, en Münster (Alemania), se firmaba Paz de Westfalia entre luteranos y católicos. En España, reinaba Felipe IV, más amante de las diversiones cortesanas que de las obligaciones propias de su condición de gobernante, mientras en Estambul subía al poder el sultán Mehmet IV. En Madrid, se publicó *Parnaso español,* recopilación de poemas del antisemita don Francisco de Quevedo y Villegas, tres años depués de su muerte.

Ciertamente, Tenerife estaba muy lejos de los centros de decisión del mundo civilizado, pero también ocurrieron cosas dignas de mención. Por ejemplo, el día 23 de marzo, fruto de una familia humilde, nació, en el Sauzal, María Bello y Delgado, quien a los veinte años de edad se convertiría en Sor María de Jesús, más conocida como La Siervita, y en protectora del pirata Amaro Pargo. Su cuerpo se conserva incorrupto y cada febrero se expone al público, coincidiendo con la fecha de su muerte. En 1648, el término de La Orotava se independizó de La Laguna, después de conseguir el título de Villa Exenta. En el mismo año, fueron edificados, en las riberas del pueblito de Santa Cruz, el castillo de San Juan y el castillo de Paso Alto, mientras que, en Buenavista, se fundó el antiguo Convento Franciscano.

Fue también en esa fecha cuando don Tomás de Nava y Grimón, primer marqués de Villanueva del Prado, vecino de la Ilustre Ciudad de San Cristóbal de La Laguna, trajo de la India unos tapices orientales para colgar en el balcón de su tío Claudio durante la procesión del Corpus Christi. Y, como se verá, no fue este último acontecimiento el más insignificante de cuantos se han expuesto.

El regreso del Marqués de Villanueva de su viaje por el Lejano Oriente resultó un acontecimiento relevante en la ciudad más fría y húmeda de Canarias. Todo el mundo estaba pendiente de admirar la maravillosa tela que el aristócrata colgaría en el balcón de la casa de su pariente don Claudio Grimón. Llegado el momento de la procesión, hasta el menos creyente ocupó su puesto para ser testigo de la maravilla que se desplegaría en el hermoso edificio que luego se conocería como Palacio de Nava. El obispo, los canónigos, los clérigos, las monjas y los monaguillos avanzaban con paso solemne por las calles empedradas de La Laguna, detrás de la gran custodia. A su lado, marchaban levantando las piernas, como si careciesen de rodillas, los soldados de la guarnición de infantería. Más atrás, los aristócratas y sus señoras inflaban el pecho para que el pueblo admirara sus brillantes ropajes y sus joyas, refulgiendo bajo el sol primaveral. Después, una burguesía pobre arrastraba sus zapatones y escondía avergonzada los lamparones de sus deslucidos trajes.

En la cola, detrás de los escribanos y de los poetas, caminaba apretujada una muchedumbre famélica cuyas espaldas guardaba un ejército de niños que andaba a pedradas con una multitud de perros tan flacos que era difícil acertarles.

Ya se podía ver en el balcón a don Tomás de Nava y Grimón, el hombre soltero más codiciado por las mujeres de La Laguna. Allí estaba él de pie, junto a su prometida Francisca, dejando que los rayitos de sol le calentaran los broches cuajados de diamantes. Cuando el obispo estaba justamente debajo de sus pies, el marqués hizo una seña a sus criados para que colgaran el lujoso tapiz.

Un ¡oh! incontenible surgió de todas las gargantas. El colorido del tejido, los bordados con hilos de oro y piedras preciosas que refulgían como el fuego encandilaron a una multitud que se detuvo extasiada. Aquel momento, aquel preciso instante, ya no se borraría de la mente de los laguneros durante siglos. No por la belleza enorme del tapiz indio, sino por la ponzoña que éste vertió sobre la gente.

Nadie lo supo en aquel momento. Tampoco el viajero marqués estaba al tanto. Pero pocos días después, comenzaron a notarse algunos síntomas entre la población: supuraciones acuosas, retortijones, vómitos, calambres musculares,... Naturalmente, la alarma cundió muy rápido. Como la pólvora, corrió por la ciudad la noticia de que había llegado en la alfombra del marqués una enfermedad pavorosa: el cólera. Decían que el cólera morboso había viajado bien escondido desde la India a Tenerife, dentro del tapiz enrrollado. Y que cuando éste se abrió, el mal cayó sobre cuantos allí estaban. La desesperación empezó a hacer presa en los desdichados laguneros, sin que ya importasen las clases sociales ni los estados célibes, porque todos caían en cama por igual, aunque ninguno muriera.

Sin embargo, el sargento Martín Ledesma Barroso, que era fuerte como una roca, no cogió la cama. De él nadie supo jamás que estuviese enfermo, excepto por las ligeras jaquecas de que se quejaba algunas mañanas. Sea como fuere, lo cierto es que el domingo 5 de mayo se levantó mascullando algo contra un tabernero del Camino Las Gavias, se lavó la cara, se peinó y se dirigió a la iglesia de la Concepción sin haber desayunado siquiera. Alrededor de las nueve de la mañana, la misa cantada en honor de una vecina difunta empezó bien, pero cuando se llegó a la parte del sermón y el cura Juan Vega comenzó a nombrar a todos los profetas mayores y menores, a Ledesma se le cerraban los ojos. Entonces fue cuando decidió entretenerse mirando un cuadro pintado al óleo que estaba colocado cerca de donde él se encontraba. Realmente, pensó, tiene que ser un gusto poder pintar de esta manera, creando imágenes que parecen reales con sólo un pincel y el movimiento de la muñeca. Si mi bisabuelo levantase la cabeza y estuviese sobrio, no se creería lo que verían sus ojos, comparándolo con los lienzos de figuras rígidas que se pintaban en su tiempo. El mundo avanza una barbaridad, cualquiera sabe hasta dónde llegaremos con tanto perfecionism...

Hasta aquí llegaron las cavilaciones del oficial Ledesma, porque en ese momento vio algo raro. Tan raro que se levantó de su sitio, extendió el brazo y señaló al cuadro con el dedo índice, mientras tartamudeaba.

—¡Jo-jo-der! —dijo, a duras penas— ¿Ustedes ven lo que hay en la cara de San Juanito?

Obstaculizado en su sermón, el cura tuvo el impulso de mandar a sentar al majadero, pero en lugar de hacer eso, giró la cabeza hacia donde Ledesma señalaba.

La madre del sacristán, medio partida por el reuma, se acercó corriendo al cuadro y lanzó un grito:

–¡Milagro!

Luego, cayó redonda al suelo. Nadie se ocupó de ella. Todos corrieron a ver qué le pasaba a la pintura. El oficial, temblando de emoción, señaló con su mano tres gotas muy brillantes que se deslizaban, gordas y lentas, por la frente de San Juan Evangelista. No parecían gran cosa, pero nadie se atrevió a preguntarle a Martín Ledesma cuánta parra había bebido la noche anterior. Al contrario, con todo el respeto debido, las miradas se dirigieron al clérigo oficiante. Éste se quedó un instante paralizado, pero reaccionó rápido. Levantó con sus manos la sotana, dio una carrerita hasta el cuadro y se quedó mirándolo atentamente. Ya las gotitas iban por las cejas de San Juan y, un momento después, le llegaban a la altura de los ojos.

–¡Esto es una señal! –gritó el reverendo–. ¡Una señal enviada por los profetas para refrendar cuanto os estaba diciendo!

Ledesma se echó las manos a la cabeza y volvió decepcionado a su sitio. Pero el resto de los fieles escucharon devotamente el sermón hasta el final y salieron de la iglesia de la Concepción diciendo que habían visto algo muy raro. El cura entró en la sacristía y se estaba quitando la ropa de misa con toda tranquilidad. "Hoy sí he bordado el sermón", pensaba con una sonrisa beatífica en los labios.

Apenas habían pasado diez minutos cuando el obispo don Francisco Sánchez de Villanueva, se dirigió al templo, acompañado por el alcalde. Por la calle de la Carrera los había adelantado un enjambre humano que ya estaba enterado de los santos sudores, entre otras cosas porque el sacristán se había puesto a repicar las campanas, sin consultar con nadie, excepto con su madre que ya se había recuperado. Cuando las autoridades llegaron a la puerta, los creyentes se callaron y formaron dos filas para que las jerarquías pudieran contemplar sin problemas hasta el cuadro. Estupefactos, el obispo y el alcalde observaron la pintura y vieron las tres gotas sobre el santo. Se santiguaron, admirados de lo que el pueblo es capaz de interpretar.

–Si los fieles lo han interpretado así es que esto es verdaderamente una señal de Dios –murmuró el obispo, se santiguó tres veces para coger fuerzas y después exclamó en voz alta:–. Él os habla hoy a vosotros a través de Juan Evangelista. A vosotros, pecadores que estáis siendo castigados justamente por la cólera divina, puesto que no habéis sabido seguir su doctrina ni a nosotros que somos los pastores de su Santa Iglesia Romana.

Con la voz anegada de emoción, rogó que le trajesen muchas velas y, tras encederlas junto al cuadro, lo bendijo.

–En el nombre del padre, del Hijo y del Espíritu Santo.

–Amén –dijeron el alcalde y el resto de los presentes.

Junto a San Juan, los otros tres evangelistas de la pintura y los fieles reunidos debían de mirar horrorizados al obispo. ¡Como hacía poco calor en aquellos días, lo único que faltaba era que a este hombre le diera por enceder velas! Ahora no sólo del óleo, sustentado en madera, salían pequeñas gotas brillantes, también la gente estaba transpirando a raudales. El obispo afirmó que tanto sudor en el rostro del apóstol le parecía algo impúdico que no debían contemplar los fieles directamente y colocó un velo sobre el cuadro. Luego, rogó a los presentes que saliesen de la iglesia. Esto fue alrededor de la media mañana.

Rápidamente, la noticia del milagro se propagó por la ciudad. Tres horas más tarde, varios oficiales y consejeros eclesiásticos –entre ellos el canónigo don Pablo Gutiérrez Sotomayor, el licenciado don Luis Parrado de León y don Diego Felipe de Barrios, encomiable representante de la Santa Inquisición– entraron en la iglesia. Miraron debajo del velo y lo que observaron también les hizo guardar un silencio respetuoso. Todavía goteaba el sudor del rostro de San Juan, mientras los otros tres evangelistas estaban completamente secos. Mandaron a desocupar la iglesia de los fieles y fueron detrás del retablo, a ver si había humedades. Pero, como escribió don Joseph de Viera y Clavijo, «todo se halló seco y enjuto».

Al día siguiente, 6 de mayo, el canónigo visitador volvió a la iglesia con un grupo de personas relacionadas con el clero e hizo la siguiente experiencia: tomó dos pellizcos de algodón y empapó uno de ellos con el sudor del cuadro. Luego los quemó conjuntamente y observó que ambos ardía bien y por igual, sin que pudiera decirse que conservaran la llama como si estuvieran empapados en aceite o que rechinaran como si contuviesen agua. Después de esto se celebró otra misa cantada y cada lagunero quería tener su algodón humedecido en el sudor milagroso.

Durante varias semanas San Juan estuvo sudando y siempre fue el señor obispo quien, dando ejemplo de buen cristiano, llegaba el primero a visitarlo y le encendía un par de docenas de velas. Después de su visita, el resto de los feligreses era autorizado a ver de cerca el milagro y, en ocasiones, volvían a mojar algodones en el sudor milagroso que además hacía caer muertas a las moscas que se acercaban a él. Incluso, llegaron a verlo dos ingleses protestantes que, como no supieron encontrar explicación al portento, dijeron que estaban pensando seriamente en cambiarse para la Iglesia católica, si se les encomendaba la honrosa tarea de distribuir, en Europa, aquel santo remedio contra las moscas.

Quizás por tantos madrugones piadosos, el obispo contrajo un fuerte constipado y hubo de guardar cama. Esto sucedió a los cuarenta días justo de comenzar el milagro y en la siguiente jornada, el sudor se detuvo y la cara del santo quedó algo más pálida. Al principio, nadie se percató de ello, porque al faltar el obispo nadie se ocupó de encender las velas. No obstante, como diría un canónigo en la multitudinaria misa que se ofició el domingo siguiente en la misma iglesia, tal vez San Juan decidió detener su milagro para no obligar al monseñor a continuar con su sacrificada visita diaria y no convertir en infausto lo que hasta entonces había sido beneficioso.

Y dicen que con el sudor también terminó la epidemia, sin haber costado una sola vida. No existen noticias de que algún galeno certificase que se trataba del cólera, pero hubo virtuosos miembros de la Santa Inquisición que sí lo afirmaron con toda la autoridad que su cargo les confería. La importancia del acontecimiento la recuerda, todavía hoy, una canción popular:

> *Pues sudando vuestro amor*
> *los enfermos has curado*
> *amparadnos, Juan amado,*
> *por vuestro santo sudor.*

Ciertamente, tres años más tarde, en 1851, hubo una gran epidemia de cólera en Tenerife y en el resto de las Islas Canarias. Desgraciadamente, el santo del cuadro no volvió a sudar y nadie pudo detenerla a tiempo y hubo que lamentar muchos muertos.

Sin embargo, la memoria del sudor duró muchos años y se celebraba una fiesta cada 6 de mayo. Se representaban comedias durante ocho días seguidos y , en ocasiones, llegó a haber hasta alguna corrida de toros. Pero en el año 1756, a petición del comandante general Juan de Urbina, se suspendió la fiesta y se sustituyó por la obligación para todos los laguneros que viviesen en el casco urbano de oír misa cada 6 de mayo, a perpetuidad.

A pesar de toda esta historia, que podría llevarnos a pensar que sucedió un milagro o que el sudor pudo deberse a algún truco clerical o extraclerical, hubo quién intentó buscarle una explicación más científica. Nuestro insigne naturalista, don José de Viera y Clavijo, que también era cura, dijo:

> «No hay duda que aquella imagen, pintada al óleo con diversos colores sobre madera, se vio cubierta de un género de humedad que imitaba el sudor, cayendo a gotas por el rostro. No hay duda tampoco que esta humedad era muy diferente en sus propiedades de la linfa o parte serosa de que consta el sudor humano, pues en el experimento de las torcidas empapadas en él ardió el algodón sin resistencia, lo que no hubiera sucedido si aquel líquido fuese agua o sudor propiamente tal. Menos se puede imaginar que alguna parte del óleo con que está pintado el cuadro se hubiese derretido, porque tampoco la torcida concibió llama al encenderse, como hubiera hecho cualquier aceite; además de que, en este caso, debería haber sido general el sudor por todo el ropaje de la imagen y no solamente en el rostro.
>
> Réstanos el único medio de explicar el prodigio, y la química más trivial nos lo ofrece. Todos cuantos tienen alguna mediana inteligencia sobre este punto

saben que cualquier metal o semi metal, convertido en polvo por la calcinación al fuego o por la acción de ciertos intermedios o sales, se revivifica fácilmente y vuelve a reducirse a su primera forma metálica, luego que alguna materia que se dice flogisto se le junta. La cal de bismut, por ejemplo, que es una excelente especie de albayalde (que los franceses llaman blanco de España), aunque muy usada entre las damas y pintores, tiene la nulidad de que, si por casualidad se le acerca alguna materia flogística, como los vapores del hígado de azufre, de incienso, de ajo machacado o de los hálitos humanos o cadavéricos, se resucita poco a poco el metal. Con la cerasa o albayalde de plomo sucede poco menos; pero, sobre todo, con los polvos del mercurio y azufre, cual es el cinabrio facticio o el bermellón.

Éste se compone de dos partes de flor de azufre y de una de azogue, trituradas y sublimadas. Y nadie ignora la gran disposición que tiene el azogue, bajo de cualquiera forma que se le desfigure, para volver a tomar su primera contextura fluida y argentada, ya sea por medio del simple calor del fuego en el precipitado rojo o polvos de juanes, o ya en el cinabrio con algunos intermedios, que, teniendo menos afinidad con él que no con la materia en que se amalgama y envuelve, le dejan libre y en su estado propio y natural. Así cuando sucede que el bermellón, esta droga de tanto uso en la pintura, se encuentra con algún intermedio que le pueda robar la parte de azufre que le compone, por tener más afinidad con éste, se irá desmineralizando lentamente, se reunirán las partículas de azogue entre sí y, dejando de ser cinabrio, aparecerá en pequeñas gotas con todo el resplandor del mercurio.

Es de suponer que en la pintura del rostro de San Juan había usado el pintor del bermellón, como el medio más regular de darle el color de carne viva; y, siendo probablemente un azogue mal combinado con el azufre, cualquiera combustión de la cercanía de las luces o del sol por el vidrio de una ventana, cualquier intermedio del vapor alcalino de un cadáver, de la tierra calcaria y pútrida, etc., pudo fácilmente revivificar el cinabrio y, reduciendo poco a poco sus partículas de mercurio al estado metálico, hacerlas aparecer relucientes, hasta que, reuniéndose algunas entre sí, se fueron desprendiendo por su propio peso, en forma de menudas gotas que se formaban sucesivamente; por eso permanecían tantos días brillantes y sin enjugarse; y por eso, en fin, la torcida empapada en ellas no alzaría llama como el aceite ni rechinaría como el agua.

Pero lo que más corrobora este pensamiento es el modo uniforme con que los testigos se explican, en la declaración del milagro, sobre la brillantez de aquel sudor. El canónigo Vélez Valdivieso depone que, habiendo acercado un dedo al rostro de la imagen, sacó pegada en él «una gota de aquella humedad, que hacía unos visos y resplandor que unas veces le parecía estrella que estaba brillando y otras puntas de diamantes o lentejuela de plata muy reluciente, y las demás gotas que estaban en el rostro hacían los mismos visos; de modo que, con las luces del altar, se veía el resplandor desde el principio de la capilla mayor». El presbítero Juan Fernández Cupido comparaba también aquellas gotas a «estrellas o puntas de diamantes, cuyo brillo se conservaba siempre». El teniente del beneficiado Juan de la Vega Zapata decía «que el agua con que se rociaron las demás pinturas no tenía el resplandor que en la de San Juan se veía, pues ésta estaba tan resplandeciente, que cada gota parecía una estrella en lo luciente»; añadiendo «que había ya doce días que estaba la imagen con las gotas que siempre tuvo, tan resplandecientes como si fuesen diamantes o estrellas». El presbítero Francisco de León daba la misma idea, diciendo: «Estaban las gotas de sudor del rostro del santo tan resplandecientes, que parecían estrellas». La misma, el presbítero Zerdán Trillo, quien asegura que estaba el santo «desde la punta de la barba hasta el cabello (no en el cabello) de la cabeza tan resplandeciente todo, que parecía un sol y como que exhalaba rayos y resplandores por todo el rostro, cuyas gotas estaban, como en el primer día, tan resplandecientes, que parecían estrellas».

¿Quién negará ahora que aquel sudor fuese metálico y que la constante brillantez de sus gotas, parecidas a puntas de diamantes, estrellitas o lentejuelas de plata reluciente, no eran el menudísimo mercurio a que se iba reduciendo el bermellón muy poco a poco? De aquí es que el rostro de la imagen quedase tan pálido y descolorido como se ve actualmente, por haber perdido el encarnado del bermellón que lo animaba; y de aquí es también que las moscas que tocaban en el sudor desfalleciesen, pues no se conoce veneno más activo, para toda especie de insectos, que el azogue y el azufre. Bien tuvo alguna sospecha confusa de la posibilidad de esta operación el licenciado Juan de Vega Zapata, cuando quiso saber de un pintor que la observaba si acaso podría provenir "por alguna causa de los colores o del óleo"; pero, como el pintor ni era químico ni metalúrgico, le respondió que no.»

Atistirma

«Luego que estos canarios salieron de Titana, al mismo punto otros desmandados la ocuparon llenándola como hormigas, con más fiereza que los primeros; mandaron fuesen á sitiar á otra llamada Fataga, donde estaba el Rey Tazarte con la gente más feroz y atrevida; en aquella tierra áspera y muy agria envióse delante á Guadartheme para que les avisase del peligro en que todos los canarios estaban de morir á cuchillo no reduciéndose por bien; fue por dos partes á un tiempo, cogidas las entradas y salidas con increíble presteza y valor, que los canarios se hallaron suspensos y aturdidos; halló Guadartheme á un tío suyo que era Faisaje ó Consejero, á quien sentó bien la propuesta de perdonar á los canarios; mandó Pedro de Vera que bajasen todos abajo sin armas, y el feroz de Tazarte no queriendo reducirse ni poder pelear por estar ya sitiados, se llegó á la punta más empinada del risco y cruzando los brazos al pecho dijo dos veces muy alto: «Atistirma, atistirma», y dio una vuelta en el aire y se desriscó de aquella eminencia. Bajó el Faisaje viejo, hermano de la Reina de Gáldar, mujer de Guanache ya difunto, y después fue cristiano y tuvo el nombre del padrino, Juan Delgado; fueron todos perdonados y mandados á sus sitios á coger sus sementeras, de que iban muy gustosos.

Llegamos á otra fortaleza muy larga y áspera llamada Gitagana y por no detenernos pasó el ejército á dar visita á Ansite, lunes 28 de Abril; ésta era la última donde estaba la fuerzas de la Isla con el Tazartico, reyezuelo de Telde y la Reina Arminda; tenían propuesto todos primero morir que entregarse, y bien de mañana se hizo escuadronar en tres partes del ejército de á trescientos hombres y las espías hallaron dos fáciles subideros; se pregonó la guerra fuese á sangre, sin perdonar á vidas por estar aquí los culpables en la muerte de Mujica y sus vizcaínos; aquí se reconoció había de costar triunfo la victoria por la rebeldía de los canarios, que habían respondido á todo.

Mas, Guadartheme se fue á Pedro de Vera, con el semblante tristísimo, casi llorando por el desastroso fin que se les esperaba con su sobrina, y alcanzó de ir primero á hablarla y á ver si podía reducir á algunos. Cogidas ya las entradas con buena guarda de gente, se fue á ellos Guadartheme y al reconocerle alzaron todos á un tiempo, niños, hombres y mujeres los gritos y voceríos que resonó por aquellos barrancos casi media legua; fue grande la alegría que de su vista tuvieron; habló á su sobrina y prima que fue reducida con todos los canarios y las canarias y todas las familias que se les llegaron de aquel territorio, menos Tazartico y un Faisaje viejo de Telde, que ambos se desriscaron, llevándose el muchacho al viejo le cogió de un brazo y diciendo: «Atistirma, atistirma», y de un salto bajaron hechos pedazos.»

Tomás Marín de Cubas

El diablo de Tijarafe

Si alguien va en agosto por los pagos de Tijarafe, en La Palma, debería prevenirse porque allí el diablo anda suelto. San Bartolomé deja libre al ángel del mal para que éste pruebe a tentarlo. Dicho de otra forma, el demonio debe procurar seducir al santo y éste aguantar la tentación. Cada año el diablo y el santo se ponen de acuerdo sobre cómo habrá de llevarse a cabo el duelo. Y cada año Satanás se presenta bajo todas las apariencias posibles e intenta engañar a San Bartolomé con sus artes sombrías.

Pero el santo evidencia ser invulnerable. No parece sino que disfrutara rechazando las tentaciones por las que se ve asediado cada verano. A pesar de que el diablo deja que se sequen las fuentes, San Bartolomé rechaza con una sonrisa el agua cristalina cuando se la ofrece un viejo. El santo ni siquiera toca las frutas que cuelgan en abundancia de los árboles y, como prueba máxima de su voluntad férrea, baja la vista ante las atractivas mujeres palmeras que le miran incitantes, atraídas por la sonrisa ufana del santo varón.

Aquella tarde, como tantas veces, el diablo estaba sentado en una piedra al borde de un camino real. Se le notaba reconcentrado y colérico, pero no era para menos. Estaba especialmente molesto porque de nuevo el santo había averiguado sus astucias. Nada odiaba más el demonio que la sonrisa de suficiencia de San Bartolomé. Sobre todo, odiaba lo que él denominaba los aires de pedantería del santo. Por eso estaba allí, sentado sobre una laja caliente, enfurruñado, sin percatarse siquiera de las ampollas que sobre su piel levantaban los intensos rayos del sol tijarafero.

Un balido de cabrito le distrajo de sus pensamientos oscuros. Delante suyo había un baifillo que se había alejado de su rebaño y ya no encontraba el camino de regreso. Le miraba con los ojos muy abiertos, pidiéndole ayuda. El demonio, en lugar de socorrerlo, descargó sobre él toda la cólera que lo estaba consumiendo: extrajo del mismo infierno una piedra enorme de azufre y la dejó que caer encima del cabrito.

Agunas horas más tarde, el pastor, que estaba buscando su animalito perdido, lo encontró con la cabeza rota, al lado del camino. El buen hombre se extrañó al ver aquella piedra de color verde claro, cuya procedencia le resultaba misteriosa.

Por esa época se amontonaban las historias de cabras y ovejas perdidas que se descubrían aplastadas o hechas pedazos. Esa era la manera cobarde con que el demonio descargaba su cólera por su propia incapacidad de vencer a San Bartolomé. Lo único beneficioso de todo aquel enojoso asunto fue que si había viñas plantadas donde aparecía un animalito muerto, jamás volvían a coger las enfermedades propias de estas plantas. Nadie supo nunca la razón.

Un vecino de Puntagorda, que regresaba a su casa desde la capital de la isla, contaba que en un momento determinado no había reconocido su camino y durante horas estuvo andando en círculos por los riscos, las cañadas y los pinares. De vez en cuando, los caminantes se sienten estupefactos porque el sendero que está delante de ellos se bifurca hacia lugares inverosímiles, se pierde entre arbustos o termina en un precipicio.

Mientras el diablo no logre tentar verdaderamente a San Bartolomé y el santo cometa un error que deje satisfecho a su enemigo, habrá que ir con mucho cuidado por los caminos de Tijarafe. Se debe contar con la posibilidad de que el demonio descargue su rabia contra nosotros, sobre todo si nos ve con una sonrisa burlona en los labios cuando caminamos por un lugar solitario.

La llegada de la Virgen de los Reyes

Corría el invierno de 1545 cuando unos cabreros apacentaban su ganado en La Dehesa, en El Hierro, como ha sido costumbre de los pastores de aquella isla desde tiempos inmemoriales. La proximidad de un barco que navegaba hacia el Oeste llamó su atención y buscaron un lugar desde donde contemplarlo a placer.

El velero traspuso la punta de Orchilla. Sin embargo, no transcurrió mucho tiempo antes de que girase y volviera sobre su propia estela a penetrar nuevamente en el Mar de las Calmas. Se detuvo en la rada.

Los pastores se acercaron más para ver mejor qué sucedía. Observaron cómo los tripulantes maniobraban con el velamen hasta que lograron enfilar nuevamente la proa rumbo a occidente y rebasaron otra vez la punta de Orchilla. Al poco tiempo de haberlo hecho, torciose la ruta de la nave y regresó a la bahía por segunda vez.

Este extraño comportamiento continuó repitiéndose en una y otra ocasión, hasta que los herreños decidieron poner sobre aviso al alcalde Bartolomé Morales, el cual decidió bajar al siguiente día con un grupo de hombres armados para ver qué sucedía. Mientras, la nave continuaba intentando abandonar el Mar de las Calmas sin conseguirlo, porque cada vez que lo intentaba el viento cambiaba de dirección y lo devolvía a pocos metros de tierra firme.

Los marinos estaban tan confusos como los pastores. Así, cuando vieron que un grupo de isleños se acercaba a la orilla, echaron una barca y fueron a su encuentro para informarles de lo que sucedía. Tras un rato de charla, volvió cada uno a su tarea: los pastores a sus cabras, los marinos a luchar contra aquel viento extraño y circular.

Así pasaron horas, días, semanas... y la nao continuaba su extraordinaria navegación redonda. Sucedió que el agua y los alimentos de a bordo tocaron a su fin y se avisó a Bartolomé Morales para que les vendiese comida. El capitán le comentó que no tenía dinero, pero que podría darle a cambio una imagen de la Virgen María que tenía en el barco. Se pusieron rápidamente de acuerdo y el trato se llevó a efecto el día 6 de enero del nuevo año 1546. Entonces comenzó a soplar una brisa que impulsó la nave hacia el Oeste, al tiempo que los herreños depositaban la imagen en una de las cuevas del Caracol.

Los vientos no cambiaron esta vez y el barco fue empequeñeciéndose en el horizonte. Por ser día de los Reyes Magos, decidieron llamar así a la imagen recién adquirida: Virgen de los Reyes, como aún se le conoce. El 25 de abril de 1577 se terminó de construir la actual ermita, cerca de la primitiva cueva.

El don de lenguas

Los barrancos de La Gomera esconden secretos que la humedad y las flores de espuma se encargan de guardar. Las lomadas largas del sur de la isla, plagadas de sed y de lagartos, no han expulsado aún de sus tierras ciertos mitos que se crearon en las noches cálidas del verano.

Ya nadie cuenta estas historias a los niños para no borrarles las sonrisas cuando se van a dormir; pero los viejos saben que determinados hechos bien pudieron haber sucedido y que por sólo nombrarlos en más de una casa entró la desgracia por la puerta...

María del Rosario nunca creyó en esas cosas.

–Se cría lo que se mama, y en mi casa me han enseñado a llamar al pan, pan y al vino, vino. No se puede creer en lo que no se ve, porque entonces te vuelves maniática. Todo eso son tonterías.

María del Rosario era más Sancho que Quijote y, aunque su cara agraciada lo desmintiese, no se trataba precisamente de una muchachita mansa o atolondrada. Al contrario. Todos la tenían por una joven inteligente, fuerte, muy dispuesta y con los pies en la tierra. Podía ir sola a buscar una cabra en el barranco, en plena noche, y se burlaba de las leyendas, de las brujas y de los fantasmas.

–Paparruchadas.

Decía. Cuando sus hermanos querían matar una cabra o un cochino, llamaban a María del Rosario, y la dejaban a solas con el animal y un cuchillo. Cinco minutos más tarde, sin darles tiempo a beber un café, ella reaparecía sonriendo inocentemente en la casa, con el cuchillo limpio otra vez, brillando en su mano pequeña y delicada.

A veces, en los largos oscureceres del verano, las chicas de la vecindad se sentaban juntas a bordar manteles en el patio. Contaban cuentos de miedo o se estremecían recordando las historias de las brujas que recorrían los caminos de los bosques de La Gomera.

–Ahora, en el mes de agosto, con el calor de las noches, es cuando más les gusta salir en cuero por esos montes –comentó Ana Luisa aquella tarde.

–O posarse en un palo como una quícara –dijo Amalia–. Esa vieja de Seima... hasta tiene plumas. Me lo dijo mi novio que fue la semana pasada para comprarle una saca de chícharos y la encontró subida en el palo más alto del corral de los animales, desnuda, piando y comiendo lombrices.

María del Rosario callaba, pero su cara reflejaba incredulidad. Alvarita lo notó y dijo:

–Rosarito no cree en estas cosas porque todavía no ha visto correr las lenguas solas por los caminos. Las lenguas de las brujas se les escapan mientras duermen. Se convierte en bichos con ojos y labios que salen en busca de muchachas, con el encargo de robarles la juventud para sus dueñas.

–No digas, boberías, Alvarita. Si tuvieras unos padres como los míos, que te hubieran educado mejor, ahora no te asustarías de esas estupideces.

La conversación se animaba con esos temas, pero después cambiaba de tercio: se hablaba de novios y de bailes, de la fiesta del Ramo o la de Chipude, de los sobrinitos,... La noche terminó de caer y marcharon contentas a sus casas, aunque algo inquietas cuando recordaban los cuentos de miedo. Únicamente María del Rosario no sentía ni el más ligero temor por esas cosas.

—Paparruchadas —se dijo a sí misma, mientras entraba en la cocina.

Esa noche la joven casi no cenó. El calor le había robado el apetito y se fue pronto a la cama. Sus hermanos y su madre también se acostaron temprano, porque al día siguiente les esperaba una dura jornada en el campo. Pronto comenzaría la vendimia y deberían poner los avíos a punto. Hacía más de diez años que había muerto su padre, pero todavía la familia echaba de menos su presencia en la finca, la manera que tenía de distribuir las labores, de organizarlo todo a la perfección, sin aparente esfuerzo. Por fortuna, su madre no sólo conservaba sus fuerzas enteras, sino que incluso parecía haber recuperado los ánimos y la belleza propios de la juventud.

Con estos pensamientos, María del Rosario se fue desvelando. Ya la luna había sobrepasado la montaña y brillaba en el cielo como una enorme empleita rebosante de leche fresca. Le gustaba contemplar el cielo desde su cama y sólo en los meses más fríos del invierno cerraba la ventana. La visión de la luna hizo que sus pensamientos derivaran hacia Pablo, el hijo de Melquíades, que recorría los caseríos vendiendo papas y grano con su mula. El tiempo se fue deslizando y la luna pronto desaparecería del marco de su ventana. Entonces escuchó el pequeño ruido.

Casi no era un ruido, sino algo más tenue, como si un gusano se deslizara sobre el alféizar de la ventana. María del Rosario se incorporó un poco para averiguar de dónde provenía aquel sonido. Y la vio. Allí estaba, agazapándose para no llamar la atención. No se trataba de un reptil, ni de un pájaro ni de un murciélago extraviados. Era lo único que ella creía que no podía ser: una lengua. Una lengua larga, gruesa, cuya humedad brillaba en tonos violáceos bajo la luz pálida de la luna. Una lengua que ya bajaba reptando por la pared, moviendo en todas direcciones su único ojo que irradiaba una luminiscencia lechosa de tonalidades sulfúreas.

Esta visión no la aterrorizó; sólo le produjo un asco inmenso. Saltó de la cama dando arcadas. Trató de controlar las náuseas y buscó a tientas las tijeras que tenía guardadas en la mesilla de noche, sin perder de vista aquel ser repugnante que ya estaba alcanzando el suelo.

Tan pronto tuvo las tijeras en su poder, fue al encuentro de la lengua y trató de clavárselas. Sin embargo, la lengua logró apartarse con una rapidez inesperada y saltó sobre la cama. María del Rosario, sin darse tiempo a pensarlo, corrió tras ella y la atacó de nuevo. La insólita aparición se deslizó entre las sábanas. La muchacha trató de tirar al suelo la ropa de la cama, pero la lengua consiguió saltarle antes a la cara y sujetarse a sus largos cabello negros.

María del Rosario comenzó a propinarle manotazos a su propia cabeza, con la intención de desprender aquel bicho inmundo que había comenzado a succionar el aire en una de sus orejas. Sin embargo, parecía imposible despegarlo porque ya se estaba introduciendo en el conducto auditivo. Podía sentir su humedad pastosa y, de manera simultánea, contemplarse en el espejo que colgaba de un clavo. La luz de la luna y la fosforescencia que desprendía el ojo de aquella cosa babosa y caliente bastaban para iluminar la terrorífica escena.

Tuvo una inspiración súbita. Se acercó más al espejo. Abrió las tijeras. Las aproximó a su oreja y, de un golpe, las cerró sobre la lengua.

No hubo otros sonidos que el chasquido de las afiladas hojas al unirse y el producido por la caída de los dos trozos de lengua. Una mancha de color rojo oscuro se extendió en el suelo, alrededor de la lengua dividida, y el resplandor sulfuroso del ojo perdió intensidad. Presa del terror, María del Rosario sintió estremecer su cuerpo. Abrió la boca para dejar salir su espanto, pero antes de que pudiera emitir un solo grito cayó sin sentido junto a la cama.

La luna fue sorprendida en el cielo por los primeros rayos de sol. María del Rosario despertó y logró reunir las fuerzas suficientes para dirigirse a la cocina. Le extrañó no encontrar allí a nadie y buscó en el dormitorio matrimonial. No tuvo que empujar la puerta, porque ya estaba abierta. Sus dos hermanos sostenían en brazos a su madre.

–¿Qué ha pasado aquí? –logró preguntar a Francisco.

Este la miró con el rostro demudado y, únicamente, acertó a balbucear:

–Hemos encontrado a mamá con mucha sangre en la boca y Fermín dice que no le encuentra la lengua...

Fray Juan de Jesús

«Fray Juan de Jesús, que empezó de tonelero en Icod de los Vinos [en Tenerife], hizo luego florecer dos trozos de madera seca en el Puerto de la Cruz y al cabo de los años vino a dar –mínimo, humilde, pero con clara visión de las cosas y de los hombres– en la comunidad de frailes de San Diego, de una de cuyas higueras prendió un gajo en el huerto del monasterio de Santa Catalina de Sena, el cual, según es fama, dio higos en un tiempo en el que ninguna higuera del mundo hubiera podido darlos.

Higos, naturalmente, milagrosos. Higos rezumando vida al borde mismo de la muerte de una religiosa sauzalera que abandonó este mundo en olor de santidad».

Luis Álvarez Cruz

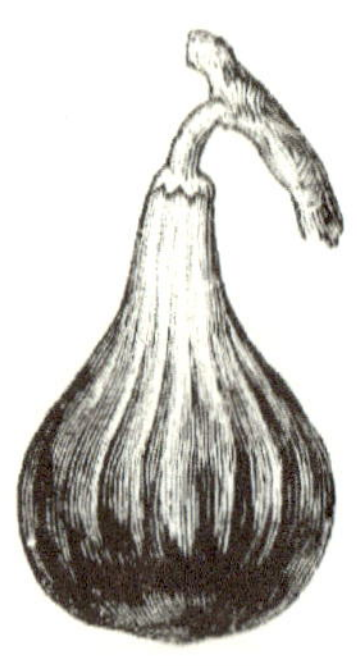

El Salto de las Mujeres

Una mañana cualquiera de junio de 1479. Los españoles se encuentran en plena conquista de Gran Canaria, en lucha feroz contra unos ejércitos aborígenes compuestos por guerreros valerosos, pero inferiores en capacidad armamentística.

Agazapados en una roca, algunos soldados de las filas conquistadoras observan cómo dos mujeres salen de una cueva y suben a un roque que los grancanarios denominan Tirma.

Una de ellas es de edad avanzada y parece ser la madre de la joven acompañante. La muchacha es bonita, tiene unos largos rizos teñidos de amarillo que rodean su cara de manera suave y coqueta. Las dos mujeres muestran su cuerpo generosamente y llevan, como es costumbre en la isla, sólo una falda de piel de cabra. Los españoles, un grupo de hombres toscos y acostumbrados a las correrías detrás de las indígenas, deciden no desaprovechar la oportunidad de gozarlas y comienzan a ascender detrás de las mujeres. Cuando éstas notan la presencia de los perseguidores, recogen piedras y se las arrojan. Lo hacen con tanta rapidez y con tan buena puntería que varios quedan malheridos. Uno de ellos cae al precipicio cuando una piedra grande le infiere una herida en la frente.

La rabia hace presa en los otros hombres. No pueden consentir que dos mujeres indígenas estén riéndose de ellos y escapando delante de sus propias narices. Un soldado indica un camino medio oculto en la otra cara del roque. Aparentemente, la mujeres van a subir por él.

Sin hablar, el grupo extranjero se pone de acuerdo, hace una finta y también toma el sendero que sube por la ladera opuesta. Tratan de sorprender a las grancanarias. Pero la subida no es fácil. A veces, las rocas interfieren su camino, la vereda no es segura y en ocasiones las piedras que pisan se desprenden y ruedan cientos de metros.

Finalmente, logran alcanzar la cumbre del roque. A poca distancia, delante de ellos, ven a la joven que está sentada en una piedra y respira aceleradamente, sin apercibirse de su presencia. Su madre se encuentra unos metros más alejada y tampoco se da cuenta de la llegada de sus perseguidores. Silenciosamente, se acercan a la muchacha. La otra mujer se da la vuelta en ese momento y les sorprende. En un instante, comprende que son víctimas de una trampa. Sabe que no existe una sola una posibilidad de escapar.

En un abrir y cerrar de ojos, la madre está al lado de su hija. La toma por su cabello largo y ambarino, le hace dar media vuelta y la coge en brazos, con una fuerza inesperada. Entonces, avanza cinco pasos hasta situarse al borde del roque. Los españoles se dan cuenta de las intenciones de la mujer y tratan de sujetarla. Sin embargo, antes de que lleguen a ponerle una mano encima, ella salta al precipicio. Caen. Los soldados miran con asombro cómo la madre no suelta a su hija hasta que llegan al fondo del abismo. Un abismo que desde entonces se llama "El Salto de las Mujeres".

Un grito tan fiero, tan grande

Cuando Jean de Bethencourt llegó a El Hierro, vivía en la isla un bimbache llamado Ferinto, el cual se convirtió en el tormento de los conquistadores. Jamás los dejaba tranquilos y los hostigaba continuamente.

Por mucho que los extranjeros perseguían a Ferinto, su agilidad era tal que no lograban atraparle.

Un día este herreño fue traicionado por alguno de los suyos y los europeos rodearon su guarida, con la intención de prenderle. Sin embargo, Ferinto los oyó llegar y logró huir hasta el borde de un profundo barranco, cercano a Valverde.

De poco le sirvió a Ferinto su huida, porque sus enemigos estrecharon aún más el cerco, hasta que se vio totalmente perdido. Mientras que a sus espaldas estaban los castellanos, bajo sus pies se abría un horroroso abismo. Comprendió que una caída podría ocasionarle la muerte.

A pesar de todo, reflexionó Ferinto, ¿qué es la vida, cuando se ha perdido la libertad? ¿Para qué sirven el aire que nos rodea, las aguas que los dioses destilan de los árboles sagrados o las montañas con sus misterios si todo eso es ultrajado, despreciado y deshonrado por gentes que vienen a tratarnos como a esclavos? ¿De qué sirve mi vida si mi voluntad se trunca a cada paso? ¿No es mejor morir despeñado y convertir mi muerte en un acto de libertad? Ferinto cogió aliento, flexionó sus poderosas piernas, saltó... Y, superando cualquier expectativa, logró llegar al otro lado del cauce, poner sus pies en el lugar que hoy se conoce como *El Salto del Guanche*. Sin embargo, de nada le sirvió. Allí también le esperaban los conquistadores con las armas prestas.

La desesperación de ver su libertad perdida impulsó al bimbache a gritar. Lanzó un grito tan fiero, tan grande, tan alto que atravesó la isla, sobre pinares, barranco y volcanes, hasta llegar a La Dehesa, en el otro extremo de El Hierro, donde su madre, al escuchar su potente voz, dijo con tristeza:

—¡Mi hijo ha sido vencido!

Tal día fue un héroe

El silbo agujereó el aire y llegó a los oídos de un hombre que se encontraba subido en una palmera.

–Gralhegueya, Gralhegueya.

Lo oyó en el momento en que terminaba de colocar un pequeño canal de madera para que el guarapo, la dulce y fresca savia del árbol, fluyese por él hacia un recipiente. Había estado cortando las hojas del cogollo, con un trozo de basalto. Al escuchar el silbo, se puso en pie sobre la palmera, se llevó los dedos a la boca y contestó a la llamada.

–¡Ya voy!

Las palmeras sólo se pueden curar por la tarde. Si no se hiciera así, la luz y el calor del sol estroperían el guarapo. Con movimientos rápidos, Gralhegueya colgó un gánigo debajo del canal para que recogiese la savia durante las horas nocturnas. Por la mañana lo encontraría rebosante de sabroso guarapo.

Hábilmente, bajó por el largo tronco de la palmera. Estaba atardeciendo y una luz dorada bañaba el valle del gran rey. Se apresuró a llegar a su vivienda. Allí lo esperaban sus compañeros con la intención de ir con él a la playa para coger lapas, unos sabrosos moluscos que se adhieren a las rocas marinas. Se trataba de un manjar que constituía uno de los alimentos básicos de los aborígenes canarios, junto al gofio que los gomeros elaboraban con cereales o con raíces de helechos.

Llevaron consigo laperos de piedra y una talega de piel de cabra para guardar las lapas. Una vez en las negras arenas de Argaga, con movimientos muy ágiles, llegaron nadando a una roca marina cercana a tierra. Con gran destreza golpeaban las lapas que iban cayendo en las talegas. Poco a poco bajó el sol. El cielo enrojeció. El mar había subido y solamente sobresalía del agua una pequeña punta de la roca donde se encontraban los hombres. Eran horas de regresar al hogar. Pero justo en ese momento las cosas se complicaron.

—¡Tiburones! —gritó uno de los hombres y señaló con el dedo índice hacia algo que se movía en el agua.

—¡Tiburones!

Un grupo de escualos rodeaba la roca. No era habitual que jaquetas tan grandes se encontrasen cerca de la costa. Los enormes peces habían olisqueado carne humana y daban vueltas alrededor de la baja, con la seguridad de los vencedores. No existía posibilidad alguna de volver nadando y era inútil gritar o silbar pidiendo ayuda porque la playa de Argaga estaba separada del resto del pueblo por un saliente rocoso que no dejaría oír nada. El agua seguía subiendo. El sol se ahogaba en el horizonte. El grupo quedó inmovilizado por el terror. Nadie habló.

Gralheigueya evaluó la situación. Si nadaban hacia la costa, los tiburones acabarían con más de uno de sus compañeros; si esperaban a que la marea subiera y a que la oscuridad fuese total, nadie escaparía de ser descuartizado por los afilados dientes de los monstruos marinos. Él no era precisamente el hombre más grande y fuerte de la isla, ni siquiera de su propio valle, pensó

mientras contemplaba sus brazos. Se dijo a sí mismo que el valor no es la potencia de los músculos, sino la fuerza del corazón. Dirigió la mirada hacia los escualos, estudiando sus cuerpos y sus movimientos. Antes de que sus amigos pudieran evitarlo, saltó al agua y se abrazó con determinación al mayor de los tiburones.

La alimaña se defendía violentamente, pero Gralhegueya, sintiendo desgarrarse su piel por la aspereza del cuero de su enemigo, no soltó la presa. Los compañeros observaban el espectáculo petrificados, sin atreverse a respirar ni a pestañear siquiera . No entendían que siendo ellos más fuertes y, tal vez, más ágiles, no pudieran llevar a cabo una hazaña como aquella. Minutos más tarde, todavía Gralhegueya retenía en sus brazos el tiburón. El animal movió su cola tan furibundo que el resto de los enormes peces huyeron aterrorizados.

–¡Todos al agua! – gritó Gralhegueya– ¡Naden hacia la playa!

Los gomeros se lanzaron al mar y bracearon con rapidez hasta la arena. Sólo entonces, Gralhegueya soltó al pez, que se escabulló despavorido, y también llegó sano a la costa.

Contaban los padres a sus hijos, y más tarde éstos a los hijos de sus hijos, que en tal día Gralhegueya fue un héroe. Y con eso daban a entender que a nadie se le exigía ser valiente toda su vida o que un acto de valentía no quería decir que quien lo hizo lo repitiese. Y que la heroicidad no estaba en la fortaleza de los brazos o de las piernas, sino en la fuerza de los sentimientos.

La isla de San Borondón

«El rumor de las apariciones de esta isla es sin duda posterior al descubrimiento y conquista de las Canarias porque, si los historiógrafos de Béthencourt el Grande hubiesen adquirido noticia de ella, no es probable que se resolviesen a omitirla. Pero es constante que, desde los principios del siglo XVI, ya la reputación de esta nueva tierra atormentaba el juicio de los naturales y extranjeros. Ya entonces dice el portugués Luis Perdigón que el rey de Portugal había hecho merced de esta isla a su padre, si la descubriese; bien que, cuando se firmaron los artículos de la paz de Evora y la corona de Portugal cedió a la de Castilla su derecho a la conquista de las Canarias, se nombró entre ellas la Non Trubada o Encuberta. Ya desde entonces negarles a los habitantes de La Palma, Hierro y Gomera que lo solían ver en ciertos tiempos del año hacia el Oeste-Sud-Oeste de La Palma y al Oeste-Nor-Oeste del Hierro no era una tierra real y verdadera, sino una ilusión de la vista auxiliada de la imaginación preocupada, era darles la mortificación de negarles una cosa evidente, porque entre ellos siempre ha habido personas que saben distinguir entre la tierra y una acumulación de nubes; que observaron aquella aparición a una misma distancia, en el mismo sitio, de una misma magnitud y configuración; que tuvieron cuidado de dibujar la perspectiva en diferentes ocasiones y que, comparando los dibujos, han tenido la satisfacción de hallarla uniforme.

En efecto, aquella tierra siempre se ha delineado corriendo Norte-Sur, formando hacia el medio una considerable degollada o concavidad y elevándose por los lados en dos montañas muy eminentes, mayor la de la parte septentrional. Se ha juzgado que distará cuarenta leguas de la isla de La Palma y que podrá tener 87 de largo y 28 de ancho. Véase aquí uno de los últimos dibujos de San Borondón, hecho en La Gomera, año de 1759, y la carta en que un religioso franciscano habla a un amigo suyo con el estilo sincero de quien no dice más que lo que cree:

«Muy R. P. D. Mucho deseaba yo ver a San Blandón y, hallándome en Alajeró el día 3 de Mayo de este presente año, a las seis de la mañana, con poca diferencia, la vi en esta forma; y puedo jurar que, teniendo presente al mismo tiempo la del Hierro, vi una y otra de un mismo color y semblante y se me figuró, mirando por un anteojo, mucha arboleda en su degollada. Luego mandé llamar al cura don Antonio Joseph Manrique, quien la tenía vista por dos ocasiones, y cuando llegó sólo vio un pedazo; y noté, estándola mirando, corrió una nubecita y me ocultó la montaña y, pasando hacia la degollada, me la volvió a descubrir, viéndola como antes sin diferencia por espacio de hora y media, y después se ocultó, estando presente más de cuarenta personas. A la tarde volvimos algunos al mismo puesto, mas nada se veía, por estar lloviendo lo más de la tarde. El horizonte del poniente estaba tan claro que resplandecía como el oro en el cristal, y también noté con el anteojo el mar y traviesa que hay del Hierro a San Blandón. Esto que llevo dicho vi y noté, sin añadir ni disminuir ni un punto. El no verse el fin de la punta que corre hacia La Palma del puesto referido lo estorba el repecho que llaman de Areguerode, y discurro se hubiera visto mejor de Chipude, de donde se descubre la isla de La Palma. A los dos o tres días que salí de

Alajeró se volvió a descubrir, según me dice el hermano fray Juan Manrique, que la vio juntamente con el señor cura y otras personas».

Estas apariciones, que ya hacemos vanidad de despreciar, eran la gran quimera de nuestros abuelos y fueron miradas en estos dos últimos siglos con tanta seriedad, que muchas personas prudentes creyeron debían sacrificar con honor su caudal y su mismo reposo a un descubrimiento en que interesarían servir a la nación y hacer de camino su fortuna. La primera expedición, que yo sepa, fue la de Fernando de Troya y Fernando Álvarez, vecinos de Canaria, en 1526; y ésta, que nos da pruebas de la constancia de ánimo de aquellos hombres, es la que debemos siempre mirar como la menos infructuosa de todas cuantas después se han hecho con igual designio; porque, no habiendo encontrado ni la sombra de semejante isla, trajeron a sus casas la sólida gloria de un desengaño que les hubiera agradecido el público, si la fantasma de la tierra aparente no tuviese en sí misma el secreto de encantar a cuantos la ven. Esta ganaba con sus sofistenas tanto terreno, que se creyó prudencia dudar antes de la mala conducta de los exploradores que de la fidelidad de los propios sentidos; así, como en 1570 fuesen las apariciones de la isla de San Borondón tan repetidas y tan claras, que produjeron en todos los ánimos casi por contagio un prurito de curiosidad, que tenía mucho de impaciencia, se procuró dar en la materia los pasos que debían ser decisivos.

Por fortuna había tomado este expediente a su cargo un sujeto muy a propósito para salir con él, si fuese asequible. El doctor Hernán Pérez de Grado, primer regente de la real audiencia de Canarias, era uno de aquellos ministros nacidos para servir bien al rey y hacer felices a los vasallos y, como vivía en el siglo de los descubrimientos meditó disponer un pequeño armamento que se emplease en buscar la isla fugitiva; pero, no queriendo precipitar el juicio ni ridiculizar la expedición, acordó despachar una provisión en su audiencia, cometida a las justicias de las tres islas Palma, Hierro y Gomera, por la que se les ordenaba hiciesen una averiguación exacta, con todas las personas de más talento que hubiesen observado las apariciones de la tierra o que acaso tuviesen pruebas de su existencia por otro conducto; y véase aquí cómo un Alonso de Espinosa, que era gobernador del Hierro, dejó su nombre a la posteridad y señaló el tiempo de su judicatura, desempeñando perfectamente su encargo con una furiosa información en que más de cien testigos contestes deponían haber observado la nueva isla hacia el Nor-Oeste de la misma del Hierro y a sotavento de La Palma, con tanta reflexión y tranquilidad, que hubo vez que vieron ponerse el sol por detrás de una de sus puntas, conjeturando distaría 40 leguas de La Gomera.

Pero poco se hubiera adelantado con esta información del Hierro (que don Juan Núñez de la Peña, asegura haber visto original), si La Palma no hubiese producido en la suya hasta tres testigos que la acababan de dar todo el peso y autenticidad necesarios. Tales fueron ciertos portugueses de Setúbal, entre los cuales el uno llamado Pedro Vello era piloto y práctico en la navegación del Brasil. Estos declararon haber estado en la isla de San Borondón, adonde arribaron inopinadamente, corridos de una tempestad. Pedro Vello dice que, habiendo dado fondo en una ensenada hacia el Cabo del Sur, inmediatamente salió a tierra con dos de su equipaje; que bebió agua fresca en un arroyo; que observaron impresas en la arena unas pisadas, mayores al doble que las de un hombre regular, y la distancia de los pasos en igual proporción; que en el tronco de un árbol, que les pareció barbusano, hallaron una cruz fija con un clavo, cuya cabeza era del tamaño de un real de a cuatro; que cerca de allí estaban tres piedras colocadas en triángulo, con indicios de haberse hecho fuego entre ellas, quizá para cocer algunas lapas, según se colegía de las conchas vacías; que, habiendo corrido, armados de sus lanzas, en seguimiento de muchas vacas, cabras y ovejas que pastaban en aquellos contornos, hasta penetrar con empeño en el bosque, se acercó la noche, se anubló el cielo y empezó a soplar un viento tan recio que, temiendo perder el navío, retrocedió Pedro Vello solo a la playa, tomó la chalupa y se retiró a bordo precipitadamente; que al instante perdieron la tierra de vista y que intentando, luego que se serenó el huracán, retornar a ella, no les fue posible descubrirla, quedando poseídos de mucho sinsabor, especialmente a causa de los dos hombres que habían sido abandonados en la espesura de la selva.

En otra averiguación que el licenciado Pedro Ortiz de Fúnez, canónigo inquisidor de Canaria y visitador del obispado, hizo en Tenerife, o ya llevado de su genio naturalmente inclinado a este género de pesquisas curiosas o, lo que es más cierto, por especial recomendación del mismo regente de la audiencia, se consiguió el testimonio de otro viajero que había sido comprendido en el privilegio de desembarcar en San Borondón. Marcos

Verde, persona bien conocida en las Canarias, refería que, regresando de la armada de Berbería, en tiempo de nuestras expediciones al África, avistó en la misma altura de estas islas una tierra enteramente nueva y que carecía de todas aquellas señales características con que se distinguen las otras; que no balanceó un instante en tenerla por San Borondón, de modo que, lisonjeado de este concepto, la fue costeando en solicitud de algún puerto a propósito para hacer en ella un desembarco; que, en efecto, consiguió anclar su navío en la hermosa ensenada que formaba la embocadura de un barranco; y que, aunque el sol estaba ya puesto, se determinó a bajar a tierra con algunas personas, quienes, habiéndose separado, anduvieron un trecho muy considerable por diferentes sendas, hasta no oírse unas a otras por más que diesen voces. Que, impelidos del terror de la noche, se recogieron luego a bordo cuya precaución les fue saludable porque, apenas llegaron al navío, les sorprendió por la misma boca del barranco un torbellino de viento tan horroroso, que les fue preciso picar los cables y largarse tumultuariamente, para no volver a ver una tierra bárbara, que violaba siempre los sagrados derechos de la hospitalidad.

Era entonces muy dominante en nuestro país la opinión de la verdadera existencia de esta octava isla, para que se atreviese nadie a criticar aquellas informaciones. Todo cuanto se decía a su favor, parecía una demostración matemática, que traía consigo la convicción y la evidencia. Véase aquí por qué yo no me admiro del armamento que inmediatamente se habilitó con estas miras en La Palma, bajo la dirección de Fernando de Villalobos, regidor y depositario general de la isla. Esta, que ya era la segunda tentativa a San Borondón y quizá la de mayor número de velas, no fue tan infeliz por no haber podido descubrir la suspirada tierra, cuanto por no haber podido desengañar a los isleños de que la empresa era de suyo temeraria. Todavía no habían pasado 34 años, cuando los puertos de La Palma, aquella, misma isla que había visto retornar a Villalobos con las manos vacías, vieron equipar con singular conato un navío que debía salir a enmendar las desgracias de sus antecesores y hacer más fructuoso el proyecto.

Este se confió a dos hombres, cuyos créditos en la ciencia náutica respondían del suceso. Gaspar Pérez de Acosta era un piloto consumado. El P. fray Lorenzo Pinedo adornaba el hábito de San Francisco con una práctica sobresaliente en la marinería. ¿Podía haberse concertado mejor la nueva expedición? Pero era una expedición a San Borondón, y ésta sería el escollo de los mismos Colones y Magallanes, si les hubiese cabido en suerte. En efecto, el sabio piloto Pérez de Acosta, después de haber cruzado muchos días sobre aquella altura, después de haberse conducido en sus rumbos con todo el desvelo de un hombre que trabajaba por su reputación, no consiguió ni aún el consuelo equívoco de hallar aquellos comunes indicios de una tierra cercana. Los aguajes, los fondos, los aires, las aves nada le decían. Todos éstos eran unos oráculos que estaban para él mudos. [El buen P. Pinedo acaso hubiera hecho su campaña mucho más lucida si, depuesto el grado de mareante, se hubiese acogido al sacerdocio para conjurar una tierra que, como por un socorro de encantamiento, se sabía huir de entre las manos].

Es verosímil que la esterilidad de este tercer experimento nos enseñó a ser más cautelosos en el modo de hablar de San Borondón. Yo hallo un vacío considerable en nuestra historia, durante el cual no se trató de aventurar nuevos pasos para el descubrimiento. Hallo que nadie se hacía partidario de su existencia sin una apología. Hallo, en fin, que fue necesario dejar pasar más de un siglo para olvidarse de estos malos sucesos y volver a tener el arrojo de navegar en solicitud de aquella isla duende. Es verdad que la tentación parecía a veces poderosa, porque de cuando en cuando se dejaban ver ciertas pruebas brillantes, que ganaban mucho terreno en la creencia de los que no habían podido desarraigar del corazón la idea de su posibilidad.

Abreu Galindo dejó escrita la conversación que había tenido con cierto aventurero de Francia que acababa de estar en San Borondón. Este le aseguraba que, habiéndole sobrevenido una tormenta sobre nuestras islas, llegó desarbolado a cierta tierra incógnita, extremamente poblada de árboles robustos, donde desembarcó. Que luego derribó el que le pareció más a propósito y se aplicó con su gente a labrarle; pero que, cargándose entre tanto la atmósfera y no teniendo por conveniente pasar allí la noche, abandonaron la maniobra y se restituyeron a bordo de su navío hasta hacerse a la vela, con tanta diligencia, que al siguiente día surgieron en La Palma.

Hace pocos años que, retornando de la América uno de los registros de nuestras islas, creyó un día su capitán haber avistado la de La Palma; pero al día siguiente, en que esperaba descubrir la de Tenerife, se halló con la verdadera isla de La Palma. ¿Qué debía inferir? Que la primera tierra que descubrió había sido la de San Borondón.

Estas razones, combinadas con los limones, frutas extrañas, ramos verdes y aun árboles enteros que a veces encallan en las playas de La Gomera y Hierro, en especial después de las tempestades del Nor-Oeste, y sobre todo las repetidas apariciones de que se enviaron nuevos informes desde El Hierro y La Palma en 1721 a la audiencia y comandancia general de las islas, produjeron como unos nuevos accesos de fiebre en los ánimos, que los determinaron a cansar la fortuna y a tentar por la cuarta vez el descubrimiento. La ocasión era favorable. Don Juan de Mur y Aguerre, que, siendo a la sazón capitán general de las Canarias, se había hecho amar de todos los isleños por el desvelo paternal con que se aplicó a remediar la espantosa escasez de víveres que afligía toda la provincia en aquel año, el más infeliz de nuestra historia, se empeñó en acreditar la expedición, fiándola no a ningún don Quijote de ultramar como otras veces, sino a un sujeto de pericia, de probidad y de la confianza de éste, y de otros generales de las islas, cual fue el capitán don Gaspar Domínguez, a quien acompañaron en calidad de capellanes apostólicos el P. presentado fray Pedro Conde, del orden de predicadores, y el P. fray Francisco del Cristo, franciscano. La embarcación se hizo a la vela del puerto de Santa Cruz de Tenerife a fines del otoño. Quedó el vulgo en una expectación indecible. Pero, ¡qué dolor! Esta fue una empresa que no se distinguió en nada de las anteriores. La hora del descubrimiento de San Borondón no era llegada y quería el destino que aquella conquista siempre se ciñese a la estéril gloria de emprendida!

Se pensará que éstos y otros multiplicados experimentos que hablaban tan claro se harían oír hasta el grado de determinarnos a abrazar un solo partido sobre el asunto, pero no ha sucedido así. La existencia de la isla de San Borondón es un problema, acerca del cual tenemos tres sistemas. El primero es el del vulgar supersticioso e ignorante, que atribuye su inaccesibilidad a una especial providencia divina o magia diabólica. El segundo es el de los que se obstinan en sostener su realidad con pruebas de hecho y buscar razones para que no se haya descubierto todavía y para que con dificultad se pueda descubrir. El tercero es el de los críticos y filósofos, que niegan absolutamente

128

que exista tal isla fuera de nuestros ojos o de nuestra imaginación.

Los partidarios del encantamiento de San Borondón compensan la poca autoridad que tienen sus dictámenes en el mundo con los bellos ratos que su fantasía les ofrece. Esto de hablar de encantadores, hechizos, brujerías, nigromancias y otros prestigios mágicos, y hablarlo seriamente, es un placer que siempre embaucó a la mayor parte de los hombres; así entiendo que la isla de San Borondón encantada vale más para nuestro ínfimo vulgo que diez San Borondones descubiertas. ¡Qué máquinas, qué teatros, qué escenas, qué personajes no se representan en aquel monstruoso país! ¡Cuántos portugueses se han lisonjeado tener allí a su suspirado rey don Sebastián! ¡Cuántos castellanos han creído que el infeliz rey don Rodrigo, huyendo de los moros, se acogió a esta isla del océano como a una barrera que no podía forzarse! En ella hay un arzobispo y seis obispos; hay siete ciudades opulentas, por lo que algunos la llaman «la Isla de las siete Ciudades»; tiene puertos y caudalosos ríos, y la habita un pueblo cristiano, rico y colmado de todos los bienes de fortuna.

No hay duda que el famoso Torcuato Tasso, en su Jerusalén, probó cuánto tenían de agradable sus entusiasmos, fingiendo la siguiente serie de acciones: La encantadora Armida se vale de un talismán extraordinario y desaparece al bravo Reinaldo, terror del sarraceno. Ubaldo y su compañero van a consultar con un mágico, quien los conduce al centro de la tierra. Parten de allí a Ascalón, donde encuentran una vieja que los transporta en una pequeña barca a las Islas Canarias, por virtud de una vara mágica. Aquí hallan a Reinaldo encantado. Rompen el encanto y se lo llevan... ¿Quién no ha de decir que, si este héroe estaba encantado en alguna de estas islas, lo estaría precisamente en San Borondón?

Y si se ha de creer todavía existente el paraíso terrenal en un sitio inaccesible por voluntad divina, ¿qué otro mejor país para este efecto que la isla de San Borondón que, además de ser una de las Afortunadas o Beatas donde colocaban el paraíso los gentiles, tiene la propiedad de presentarse a los ojos y de huirse de entre las manos? ¿Acaso será porque el Querubín defiende la entrada con espada de fuego? ¿Habitáranla Enoch y Elías? ¿Será preciso que se hunda una de las siete Canarias para que ésta se descubra, a fin de que nunca dejen de ser «símbolo de los siete sacramentos».

Mientras discurren de este modo los genios supersticiosos, «contentos (como se explica aquí el Ilmo. Feijóo) con un recurso infeliz de fenómenos desgraciados», se dan mil giros los sectarios de la existencia de San Borondón para probar su aserto. Véanse aquí los mejores fundamentos que han alegado:

1. Ptolomeo puso entre las Afortunadas la isla Aprósitus, voz griega que significa inaccesible. ¿Quién no dirá que cuando aquel geógrafo habló así estaba informado del carácter de San Borondón?

2. Aristóteles (o Teofrasto en el libro De Miralibus) refiere que, habiendo navegado ciertos fenicios cuatro días hacia el Occidente con el viento apeliotes, que es el Sur-Este, avistaron una tierra inculta y en tan continua agitación, que el mar la cubría y descubría alternativamente, dejando en seco muchos grandes atunes.

3. Cuando los mitológicos decían que las siete hijas de Atlante se transformaron en las siete estrellas llamadas Atlántides o Pléyades, quizá habían fijado la imaginación en nuestras siete islas, que siempre se

han considerado como un apéndice o propagación del monte Atlante. Y cuando en igual forma aseguran que una de estas estrellas o se ve con dificultad o se eclipsa hasta desaparecer enteramente (como lo confirma la observación de los astrónomos), parece que habían conocido el genio de San Borondón.

4. Este nombre San Borondón, Brandón o Blandón que se ha dado a aquella tierra desde cierto tiempo inmemorial se deriva sin duda del abad San Brandón, Brandaón o Blandan, monje escocés que estuvo y predicó en ella después de la mitad del siglo sexto. Surio, compilando la vida de San Maclovio o Machutes, por otro nombre San Maló, que Sigeberto de Gembloux nos dejó escrita refiere que aquel santo monje, en todo extraordinario, pensando abandonar su monasterio, donde empezaba su mérito a tener envidiosos, supo (o por revelación ó por noticia de algunos marineros) que en el océano había ciertas islas extremamente deliciosas y habitadas por infieles. Que, deseando disfrutar el sosiego de este retiro y promover la conversión de aquellas gentes, tomó la resolución de embarcarse en su solicitud, acompañado de su maestro San Brandón. Que después de haber surcado el océano por largo tiempo sin descubrir las islas que buscaban, cuando ya iban perdiendo la esperanza de satisfacer sus deseos, avistaron una llamada Ima. Que a los primeros pasos que dieron en el país resucitó San Maló el cadáver de un gigante que yacía en un sepulcro, lo convirtió, lo instruyó y lo bautizó, poniéndole por nombre Mildum o Milduo. Que el gigante, pasados quince días, tuvo permiso para volver a morirse, después de haber declarado que sus paisanos tenían alguna idea del misterio de la Trinidad y de las penas del infierno.

Ahora bien, que fuese esta isla de Ima una de las Afortunadas se comprueba con las observaciones del P. Mabillon en sus Siglos benedictinos y con la noticia que da el colector de las Vidas de los PP. agustinos en las de San Maclovio y San Blandano, pues, después de haber hecho memoria de aquellas islas, bajo de los mismos nombres que les señaló Ptolomeo, dice: «Que San Maclovio y San Blandano, varón abstinente y padre de tres mil monjes, residieron en ella siete años, etc». En fin, que una de las islas donde estuvieron fuese la inaccesible o Aprósitus consta de cierta tradición, cuyos apoyos se hallaban en no sé qué manuscrito latino que había en los archivos de la catedral de Canaria, según Núñez de la Peña y Abreu Galindo, quienes lamentaron su pérdida.

5. Está de acuerdo con todo esto la constante observación de casi tres siglos, porque los habitantes de La Palma, Hierro, Gomera y aun los de la parte al Sud-Oeste de Tenerife han visto por diferentes veces una tierra más occidental que alguna de las siete Canarias. Pudiera replicárseles, como se les ha replicado en efecto, que una acumulación de nubes, arrojándoles aquella imagen equívoca a los ojos, es la que les precipita el juicio y les alucina la razón. Mas, ¿qué fuerza puede tener este argumento contra los que saben que en aquellos días en que está más limpio el horizonte y soplan los aires del Poniente es cuando se descubre la nueva isla? Pudiera el viento Le-Sueste, arrebatando los vapores de la isla del Hierro, reunirlos en una considerable masa hacia Oeste-Nor-Oeste, hasta forjar la tierra de San Borondón; pero también es constante que aquél es un viento que obscurece los horizontes y que no es entonces cuando se presenta a la vista dicho objeto. Y, sobre todo, si las acumulaciones de nubes estuviesen en posesión de pasar por verdaderas tierras a los ojos de los isleños, parecía regular que de cada una de las islas se avistasen varios San Borondones, lo que a la verdad no sucede. San Borondón no se ve

sino en un solo punto del globo, de un mismo tamaño y de una constante figura.

6. Sin embargo, sería fácil desentenderse de la solidez de estas reflexiones, si no tuviésemos aquellos testigos fidedignos, que han afirmado con juramento haber desembarcado en San Borondón en varias ocasiones y coyunturas. Pedro Vello, Marcos Verde y el otro francés anónimo, cuando depusieron las aventuras de sus arribadas a cierta isla incógnita conterránea a las nuestras, hablaron en estilo de hombres de bien y con aquel carácter de sinceridad que tiene una Verdad en que no se atraviesa ningún particular interés. El diario de don Roberto de Rivas, que trae la observación de otra isla al Oeste de La Palma, tiene un peso infinito. Las frutas extrañas, los gajos verdes y demás producciones del reino vegetable que arrojó el mar a las playas del Hierro y Gomera dan noticias claras de que una tierra comarcana las envía. Todas estas circunstancias combinadas de buena fe y sin espíritu de crítica incrédula, ¿no prueban la existencia de la isla de San Borondón?

Es cierto que se han empleado muchas expediciones ultramarinas, dirigidas por personas inteligentes a fin de descubrirla, sin que se consiguiese algún fruto, y que parece inverosímil que después de tres siglos de navegaciones frecuentes por estos mares, en que casi no hay escollo, por pequeño que sea, que no esté conocido, quede todavía encubierta una isla de tantas leguas, cual suponemos la de San Borondón. Pero como éste no es más que un argumento negativo, no tiene toda la eficacia que a la primera vista promete. En efecto, San Borondón, a lo que se sabe, es una tierra sumamente montuosa, húmeda y sujeta a continuas nieblas, huracanes y turbonadas. ¿Qué principio más seguro de su perenne ocultación a los que navegan en esta altura? Por otra parte, ¿cómo se probará que las

corrientes insensibles del mar y las irregulares repercusiones que acaso padecen sus aguas en la especial
colocación de los cabos y promontorios de esta isla no
son bastantes para rechazar las embarcaciones de sus
costas, haciéndolas inaccesibles?

Nadie nos quita figurarnos por un instante a San
Borondón en mitad de una corriente muy impetuosa
de nuestro mar Atlántico, a modo de una piedra en
mitad de un arroyo. La comparación es natural. ¿Y
quién no ha observado la dificultad que halla una paja
u otro cuerpo ligero (que podemos aprehender como
un navío) para vencer la gran repercusión que padece la corriente en la piedra, hasta llegar a unírsele?
Ciertamente que sólo por una feliz casualidad o por
una coyuntura inexplicable se habrá visto lograda esta
unión.

Los geógrafos tienen fundamentos muy sólidos para
creer la existencia de un vasto continente hacia la parte
austral del globo; pero parece que nada se opone tanto
a su descubrimiento como el ímpetu de las extrañas
corrientes de aquellos mares, y éste es el caso de la
isla de San Borondón. Las pruebas de su existencia son
palpables; pero no lo son menos las dificultades de su
descubrimiento. Así se puede temer que, por desgracia,
se llamará siempre, entre los españoles, la Encubierta,
y, entre los portugueses, la Non Trubada.

Este es un epítome de las principales razones de los
«sanborondonistas» y las mismas que las personas
desengañadas procuran rebatir. Conceden que Ptolomeo llamó Aprósitus o inaccesible a una de las islas
Afortunadas; pero no creen que hubiese dado este
nombre a una isla puramente en cuestión, sino a alguna
de las seis entonces bastantemente conocidas entre
los eruditos, por cuyo motivo habló de ella en primer
lugar. En efecto, parece inverosímil que un escritor del

segundo siglo, en que estaba ya oscurecida la memoria de estas islas Atlánticas, tuviese la noticia circunstanciada de que entre ellas se aparecía una que, buscada, no se dejaba hallar; que un escritor que ignoraba el número fijo de las islas accesibles supiese la existencia de una inaccesible; que un escritor, en fin, que padecía error en orden a la verdadera latitud de las Afortunadas acertase con el enigma de San Borondón.

Así, sin atribuirse a Ptolomeo un conocimiento que a la verdad no pudo tener, hemos de suponer una de dos cosas: o que por la Aprósitus entendió este geógrafo la isla Ombrios de Plinio o, lo que es más cierto, la Nivaria del mismo autor. Algunos prueban la primera opinión, reflexionando que así como Plinio empieza a numerar las Afortunadas por la Ombrios, así Ptolomeo, que no hacía sino copiarle, debía empezar por ella; y si, según se ha pretendido, Ombrios es la isla del Hierro, no hay duda que, atendida la fragosidad de sus costas y fuerza repercusiva de sus corrientes, se pudiera llamar Aprósitus. Otros, con Isaac Vosio, dicen que Aprósitus es la Nivaria, pues, afirmando Plinio que la Nivaria está continuamente nebulosa, a causa de su copiosa nieve, hallaba fácil el paso Ptolomeo para considerarla como inaccesible a las embarcaciones que la buscasen.

La noticia de aquella tierra anegadiza y cargada de atunes que descubrieron los fenicios en su navegación hacía Occidente es sumamente vaga para prestar algún apoyo a la controversia sobre San Borondón. Es cierto que sería una imaginación agradable figurarse esta isla a manera de una gran máquina que, armada de no sé qué muelles o resortes, se pueda dilatar o comprimir, elevándose y volviéndose a sumergir debajo de las aguas; pero ya se ve que esta quimera sólo es buena para un poema. Quizá parecería pensamiento más serio el de aquellos que han reputado a San Borondón por una isla fluctuante, que ya se acerca y ya se retira de la vista; bien que tampoco puede tener esto la menor apariencia de verdad, porque, aunque no sería muy admirable ver sobre un lago algunas pequeñas islas movedizas, la existencia de una isla de ochenta leguas fluctuante en el océano no pasará nunca sino por el sueño de un enfermo con calentura. [Pero ojalá que esto fuera así; ¡que algún día se había de ofrecer a nuestros ojos un espectáculo admirable! ¡Qué placer no sentiríamos, al ver acercarse a nuestras costas y tomar puerto en ellas una tierra tan grande, tan poblada y, tan bella como se nos pinta San Borondón!]

Que se hubiese comunicado el nombre de San Borondón a la isla a causa de la célebre visita que le hicieron los monjes escoceses San Blandón y San Maclovio en el siglo sexto, es un punto que la crítica más indulgente no podrá oír con tranquilidad. En efecto. Sigeberto de Gembloux, que refiere aquel viaje en su crónica, y Surio, que le hizo más público, no pasan entre las personas inteligentes por muy exactos; así vemos que han despreciado la referida expedición, como fabulosa, Jorge Hornio, Galien de Béthencourt en su Tratado de las navegaciones, y el P. Yepes, cronista de los Benedictinos, etc. Pero aun cuando concediésemos la revelación de aquella isla de paganos en el océano y la peregrinación de los santos monjes en busca suya, nada habremos hecho, porque no es verosímil fuese alguna de las islas Canarias. ¿Quién tendrá la ligereza de persuadirse a que los escoceses, en un siglo en que no se les contempla con la mayor cultura, navegasen desde Escocia hasta estas islas sin el auxilio de la brújula o aguja de marear? ¿Quién creerá a Suno, aquel cartujo nimiamente crédulo, cuando dice que anduvieron siete años errantes sin descubrir tierra? La resurrección del gigante Milduo, su bautismo y su segunda muerte, ¿no tienen todos los visos de patraña? ¿Qué monumentos quedaron en las Canarias de la misión de aquellos santos aventureros? ¿Cómo los escoceses no se aprovecharon del descubrimiento de estas islas y, antes bien, las olvidaron de modo que jamás repitieron a ellas sus viajes?

Estas consideraciones tienen tal fuerza, que cualquiera deberá creer que la navegación de los monjes Maclovio y Blandano no se ejecutó sino a alguna de las islas Orcadas, situadas al Norte de Escocia. Es verdad que el colector de las Vidas de los PP. agustinos dice que aquel viaje se hizo a las Canarias; pero ése fue su error. Todos saben que, por no haber explicado con mucha claridad los antiguos cuál era el verdadero país de las Afortunadas, o por haber tenido otros la manía de hacer transmigrar este concepto de región en región, han pasado a veces las islas tánicas (en cuyo número entran las Orcadas) por Afortunadas y Campos Elíseos; así, habiendo visto el citado escritor las memorias del viaje de los religiosos escoceses a las islas Afortunadas, buscó en el Almagesto de Ptolomeo los nombres y la situación de ellas y, preocupado de este geógrafo que, siguiendo la autoridad de Plinio, trata de las Canarias bajo el titulo de las Afortunadas, ejecutó lo mismo con las memorias de los monjes y, sin saber lo que se hacía, lo trajo hasta las Canarias, cuando quizá sólo se alejaron muy pocas millas de sus celdas.

Era, pues, regular que, caminando sobre esta equivocación, tomase todo el ascendiente que tomó sobre la fe de nuestros abuelos la opinión de que San Blandano o San Brandón había visitado estas islas. Mas si se creyó que estuvo en todas ellas, ¿por qué sólo a la isla encubierta se le adoptó su nombre, llamándola San Blandano o San Borondón? La razón de esto (que nadie que yo sepa la ha dado) se puede inferir de una circunstancia que se halla en la relación de Sigeberto y de que también hace memoria San Antonino. Estos autores dicen que, después de haber navegado los santos monjes mucho tiempo sin descubrir tierra, llegó el día de Pascua, y, como esta festividad excitase vivamente en sus ánimos la devoción y el deseo de celebrar los sagrados misterios con todo el cristiano equipaje, puestos en oración pedían a Dios la gracia de surgir en alguna tierra para tener aquella satisfacción; que el Señor oyó los votos de sus siervos y dispuso que en medio del mar apareciese repentinamente una isla, donde, sin pérdida de tiempo, desembarcaron. Que habiendo erigido luego un altar celebró San Maló el santo sacrificio de la misa y que, después de haber distribuido la Eucaristía a los demás, volvieron a tomar embarcación y hacerse a la vela. Pero, ¿cuál no sería su asombro cuando conocieron que la que habían tenido por una verdadera isla no había sido, en la realidad, sino una monstruosa ballena que desapareció al instante?

Este extraño suceso, que no es menester creer, dio sin duda todo el fundamento para que a nuestra isla incógnita se le aplicase el título de San Borondón; pues, como se tenía presente que San Brandón había desembarcado en una isla que apareció y desapareció de repente; como se creía que las Canarias fueron el teatro de aquella escena, y como se hablaba de una isla inconstante más allá de las de La Palma y del Hierro, fue muy regular se llamase esta tierra la isla de San Blandón o San Borondón.

Y, a la verdad, los que le impusieron este nombre la definieron. Son muchos los que han observado sus frecuentes apariciones. Muchos los que han creído ver una verdadera tierra, pero que se escapa a modo de la ballena de San Brandón, que fluctúa sobre el océano y que nos hace entrar en desconfianza de nuestros mismos ojos. ¿Si serán estas apariciones algún juego incomprensible de le naturaleza, algún fenómeno delicado, alguna travesura óptica? Se dice que San

Borondón no puede ser efecto de una acumulación de nubes, supuesto que se avista aquellos días en que el horizonte está más claro y en que soplan los vientos favonios u occidentales. Sin embargo, entiendo que una masa de nubes, detenida hacia el horizonte por el equilibrio de dos vientos contrarios, exige que aquél se halle despejado de otros vapores para verse. ¿Y quién puede ignorar las inevitables ilusiones a que inducen nubes de esta naturaleza, alucinando aún a los marineros más prácticos? Así, bien pudiera decirse que ciertas nubes detenidas al Oeste-Nor-Oeste del Hierro y modificadas casualmente, conforme a la idea anticipada de la imaginación del espectador, dan todo el cuerpo a la isla de la disputa. Pero es preciso confesar que el que no dijese más que esto habrá dicho muy poco, porque la constante uniformidad de sitio, figura y extensión desvanecen aquella hipótesis.

Véase aquí por qué algunos críticos, obligados de la solidez de estas reflexiones y resueltos a disentir de la verdadera existencia de San Borondón, se han aplicado a explicar el misterio de sus apariciones por medio de un fenómeno con preferencia a la simple acumulación de celajes. El ilustre autor del Teatro crítico, que con tanto suceso hizo la guerra a los países imaginarios, se inclinó a que nuestra isla es quizá una de las otras Canarias, vista por reflexión en alguna nube de calidad de espejo. «Últimamente observo (dice) que, aun cuando imprimiese en los ojos perfecta imagen de isla la que se veía desde la del Hierro, no se infiere de aquí que realmente lo fuese. Desempeñarán esta que parece paradoja dos célebres fenómenos. El primero es una apariencia que los moradores de la ciudad de Reggio en el reino de Nápoles llaman Morgana. Vese muchas veces levantarse sobre el mar vecino a aquella ciudad una magnífica apariencia, en que se divisan edificios, selvas, hombres, frutos; en fin, todo lo que puede componer una ciudad con territorio adyacente El segundo es el que observo pocos años ha el P. Feuillée mínimo doctísimo, matemático de la Academia Real de las Ciencias pareció una mañana en frente de Marsella una nueva tierra en que se veían y divisaban, con catalejos, árboles, montes, los animales y todo lo demás de que consta un país poblado fue avisado de tan portentosa novedad el P. Feuillée, quien, subiendo a su observatorio vio lo mismo que los demás; pero, haciendo luego atenta reflexión sobre el caso, volvió los ojos a la tierra de Marsella y halló que en la nueva tierra se representaba todo lo que había en aquélla. De donde infirió ser nube especular, donde se imprimía la imagen de la ciudad y territorio que tenia en frente, como sucede en los espejos. Asimismo puede suceder que la isla descubierta desde la del Hierro no fuese más que una imagen de ésta (más o menos clara, más o menos confusa), impresa en alguna nube especular a cierta distancia».

Podría añadirse a estos fenómenos el que observaron los habitantes de Jerusalén, en tiempo del emperador Decio, quienes divisaron cierto día un perfecto mapa de la santa ciudad, colocada verticalmente en el aire superior, cuya apariencia confirmó entonces en su opinión a los fieles, preocupados a favor del famoso error de los milenarios. El P. Dechales, al fin de su Dióptrica, refiere, como testigo ocular, que en Vézelay de Borgona se vio en el aire la figura de un hombre de grande estatura que, armado de una espada, parecía amenazaba a la ciudad; pero que las personas de sano juicio, habiendo examinado la aparición atentamente reconocieron que el espectro no era más que una estatua de San Miguel, puesta sobre lo alto de una iglesia y reflectada en una nube. A esta misma clase de fenómenos pertenecen las parhelias y paraselenes, esto es, los soles y lunas aparentes, vistos por reflexión en las nubes especulares.

Pero si hemos de entrar en la opinión de que la isla de San Borondón puede ser imagen de alguna de las otras, nosotros, que tenemos más conocimiento de la figura con que se nos representa, debemos preferir para este efecto la isla de La Palma a la del Hierro. Ello es que entre los canarios siempre se ha comparado la perspectiva de San Borondón a la de La Palma, por tener los mismos cortes, arranques, concavidad o ensilladura; y aunque esta isla (que es mayor que la del Hierro) no es todavía tan grande como se aprehende la otra, quizá la diferencia provendrá de la naturaleza de la nube donde se hace la impresión. Esta nube puede sin duda disponerse a manera de espejo cóncavo, ¿y quién no sabe cuánto aumentan semejantes espejos los objetos? Además de esto, los espejos cóncavos tienen la propiedad de representar los cuerpos que incurren en ellos, no por detrás de su superficie, sino cabalmente en el aire que media entre la superficie y el objeto, cuya circunstancia es el mejor secreto de la captótrica, para fascinar con sus ilusiones nuestros ojos.

Finalmente, la notable diversidad que hallamos entre las conjeturas que se han hecho sobre la distanciaque tiene San Borondón de nuestras islas sirve también de prueba para corroborar la opinión de que toda su sustancia es aparente, y que las varias distancias a que las nubes especulares se han colocado tal vez hicieron variar el juicio de los observadores. Unos la situaron a cien leguas de la del Hierro; otros a cuarenta de La Gomera; otros, en fin, a quince o diez y ocho de la misma isla y a treinta y cuatro de La Palma.

Sin embargo, no faltará quien sea dueño de sí mismo para no dejarse deslumbrar con un pensamiento que tiene mucho más de brillante que de sólido. Una nube perfectamente especular y colocada a cierto punto de vista determinado, a fin de representar repetidas veces una misma isla, es fácil de encontrar en la imaginación fértil de los filósofos, pero no en la naturaleza. Es verdad que ésta es investigable en sus movimientos; pero no tanto que pueda afectar ocuparse en plantar nubes especulares a cierta distancia de La Palma y del Hierro, cuando se ignora qué fealdades tienen las otras islas comarcanas, para que jamás les ofrezca un espejo en que mirarse. Esta consideración, que es muy sencilla, quizá será suficiente para desbaratar toda la máquina y disuadirnos de que San Borondón sea solamente proyección o simulacro de una tierra.

¿Y qué sería si, después de haberse atormentado los ingenios tanto tiempo y de tantos modos para desatar el nudo gordiano de este problema, le cortase de golpe una ocurrencia feliz, aunque trivial? ¿Qué sería, digo, sí la tierra de San Borondón, que se ha reputado hasta ahora por incógnita e inaccesible, viniese a parar en ser uno de los países más, conocidos y frecuentados? En efecto, lo que no ha alcanzado a satisfacer la reflexión de una isla en una nube especular, acaso lo conseguirá la refracción en la atmósfera de la tierra que menos se imagina.

Los filósofos y matemáticos han explicado con claridad cómo por un efecto de la refracción de la luz se pueden ver muchos objetos que sin este accidente no se verían. El sol, la luna, las estrellas se suelen presentar sobre el horizonte, cuando están todavía algunos grados más abajo. La moneda que, puesta en el fondo de un barreño, no se descubre a la distancia de algunos pasos, se divisa con toda distinción luego que lo han llenado de agua. La cumbre de un monte que de cierto sitio determinado del globo no se ve, por lo regular, se hace visible aquellos días en que se le añaden algunos grados de crasitud a la atmósfera. De la misma ventana y de un mismo puesto se ve asomar en parte por detrás de un edificio cercano el objeto distante que otras veces se esconde, como si enteramente se sumergiese. Según el experimento de Huyghens, si se fija un anteojo de larga vista en una dirección constante hacia la punta de alguna torre o campanario, desde después de medio día hasta la tarde, se ve esta punta más elevada a proporción que declina el día, lo que prueba la variedad de refracción de los rayos de la luz y la diferente transparencia del aire. [En el tomo tercero de las Transacciones de la Sociedad Filosófica Americana, año de 1793, se hallan las observaciones hechas en el lago Erie, relativas a un fenómeno llamado por los marineros looming, el cual es efecto de una refracción doble que les hace ver una isla y árboles en parajes en donde jamás ha habido tierra.]

En este supuesto, ¿por qué no se ha de aventurar la conjetura de que todo el misterio de las apariciones de San Borondón consiste en las refracciones de las cumbres de algunas tierras distantes, situadas mucho más allá de nuestro horizonte visible, en aquellos días en que la atmósfera que las baña adquiere algunos aumentos de densidad? En efecto, el Oeste Nor-Oeste que suele reinar, cuando se divisa la tierra de San Borondón, es uno de los vientos más húmedos y fríos de nuestro clima. Pero, ¿qué tierra, vista por refracción, puede ser ésta? Aquí estaba la dificultad y el paso más osado de la conjetura. ¿Será acaso San Borondón alguna parte de la América Septentrional? ¿Será alguna de las cumbres de los montes Apalaches en la Florida, los cuales están situados en nuestro mismo paralelo? La refracción da para todo. Sin embargo moderemos esta demasiada libertad de pensar y contentémonos con una tierra menos distante que la América. La isla de San Antonio, la más al Norte de las de Cabo Verde, dista de la del Hierro poco más de diez grados y, aunque ésta parezca todavía mucha distancia y en realidad lo sea, ¿quién sabe si sus cumbres hallarán a veces el aire dispuesto de manera que sufran una refracción portentosa? El que quisiere saber cuál es el efecto engañoso de las refracciones, en orden a los objetos terrestres, consulte al célebre matemático Mayer.

Adrián Mecio afirma que el holandés Guillermo Barentz y los de su equipaje, que invernaron en la isla de Orange, en Nueva Zembla, año de 1596, observaron que, estando el sol todavía 17 grados bajo el horizonte, le vieron salir con admiración universal; tal fue el poder de la refracción. Desde Kamchatka, que es una de las extremidades del Asia, se han observado muchos indicios de cierta tierra hacía el Nord-Este; y, como hasta ahora fueron inútiles cuántas tentativas se han practicado a fin de descubrirla, se puede suponer, con monsieur de Lisie, que quizá en una parte del Nord-Oeste de la América Septentrional, vista en la atmósfera por refracción.

Este mismo puede ser el fenómeno de San Borondón en las Canarias; pero también se puede apostar que no lo es. Todas las conjeturas que se aventuraren acerca de una tierra tan peregrina, que se ve y no se palpa, nunca tendrán demasiado crédito ni serán en el fondo más que unos modos urbanos decontemporizar con los ojos de tantos hombres de bien que creen ver todavía, como por herencia, la isla que vieron sus predecesores. En efecto contenidos por esta parte los sectarios del sanborondonismo, no es difícil desvanecer todos los argumentos con que sostienen su opinión.

Los Pedros Vellos, los Marcos Verdes y los franceses anónimos que, después de San Blandano y San Maló, tuvieron pasaporte para desembarcar en aquella isla son a la verdad poca gente para rechazar los ataques de sus adversarios, y aun podrán temer la crítica menos cavilosa. Sobre ser singulares las deposiciones de estos testigos, ¿no tienen el carácter de un cuento de viajeros que intentan infatuar al público con sus relaciones fabulosas? Aquellas tormentas y tempestades que siempre entraban con la noche y forzaban todos los navíos a una vergonzosa retirada, ¿las imaginaría con más primor poético Virgilio en las cavernas de la isla Eolia? La célebre isla de Calipso, accesible solamente a los mortales que naufragaban, ¿tiene algo de más maravilloso en el Telémaco del ilustrísimo Fénelon?

En fin, aquellas huellas humanas que observaron en las arenas de San Borondón y que representaban unos pies mayores al doble que los nuestros, y la distancia de los pasos en igual proporción, ¿parecerá cosa creíble? Una nación de gigantes tan extraordinarios en nuestro mismo clima sería ciertamente una monstruosidad digna de una tierra en todo monstruosa; y no hay duda que aquellos portugueses (para quienes la isla de San Borondón tuvo tantos incentivos), al examinar estas pisadas, se acordarían inmediatamente del otro famoso gigante que allí mismo habían resucitado San Blandano y su discípulo San Maló. De resto, cuando se considera que en el vasto transcurso de doscientos arios no ha sido lícito a otro ningún viviente abordar a este terrible y deseado país para confirmar aquellos antiguos testimonios, siendo constante que ahora son mucho más frecuentes las navegaciones por nuestro Mar Atlántico, parece que ninguna persona dotada de rectitud de juicio deberá acomodarse a un género de prueba que cada día pierde mucha parte de su autoridad.

También es prueba singular y muy equívoca la del diario que se alega, u otra semejante, porque, haberse divisado en una tarde la isla de La Palma y hallarse el bajel al día siguiente sobre la misma Palma, sólo indicaba que el viento o las corrientes le fueron poco favorables durante aquella noche. El quedar las calmas de esta isla a la parte del Oeste, antes sería efecto de su configuración y de la situación de sus cabos que del abrigo de una tierra que, cuando menos, dista de allí 54 millas. El encallar sobre las orillas del Hierro y La Gomera algunos limones, frutas, ramos verdes, etc., después que han soplado vientos occidentales, tampoco es argumento de que la tierra de San Borondón las envía, porque cuantos han visto estos fragmentos convienen en que son producciones americanas, no habiendo ninguna dificultad en creer que transmigran desde aquel continente o de sus islas. Mucho mas distan Irlanda y Escocia de la América que las Canarias, y esto no estorba para que en las riberas de aquellas comarcas se hayan recogido repetidas veces diferentes frutos del Nuevo Mundo, así como en las islas Azores han aportado canoas y cadáveres de indios.

Todas las mencionadas objeciones que ponen los críticos a la existencia de la isla de San Borondón todavía parecerían endebles, si no se hubiese salido por tantas veces en busca suya inútilmente. Tantas deberán ser las réplicas, cuantas han sido las expediciones; y tanto debe ir perdiendo aquella isla de su existencia, cuanto tiempo tardare en descubrirse. Decir o adivinar que está cubierta eternamente de nubes y que esta oscuridad impide el hallazgo es recurso infeliz, porque, como observa el ilustre Feijóo: «¿Quién quita a las embarcaciones irse derechamente a esas nubes que la cubren? Y en caso que se finja ser aquellas nubes como las de Georgia, que no permitan penetrarse, ¿cómo arribaron algunos marineros por casualidad (según se cuenta) a aquella isla? Más: en aquellos días clarísimos en que se divisa, fácil sería despachar prontamente un bajel, el cual, en este caso, no la perdería de vista.» Añado yo: ¿Cómo, desde la cumbre del elevado Pico de Tenerife (que comprende más de 70 leguas al mar) o de sus faldas, jamás se ha divisado tal isla, ni clara ni nebulosa? A los que imaginan que la corriente del agua es allí tan extraordinaria y violenta, que desvía las embarcaciones, precisándolas a otro rumbo, les pregunta y arguye el mismo Feijóo: «¿Cómo arribaron los que por casualidad arribaron? O este grande ímpetu es a veces, o continuo; si a tiempos, fácilmente se pudo observar la coyuntura favorable para que arribasen las embarcaciones destinadas a este intento; si continuo, ningún bajel podría arribar jamás.»

Véase aquí todo cuanto en la famosa cuestión de la isla de San Borondón me ha aparecido interesante y lo más serio que por una y otra parte se puede alegar de buena fe. El lector imparcial queda en libertad para juzgar definitivamente y tomar su partido, si acaso éste fuere negocio en que hubiese precisión de tomarle.»

Joseph de Viera y Clavijo

La aparición de la Virgen del Pino

Cuentan que en Teror, en Gran Canaria, había un pino gigantesco y que junto a él se construyó una capilla dedicada a la Virgen. Tan grande era el árbol que sus ramas servían de campanario. Sin duda, parece excesivo colgarle campanas a un árbol y, el tres de abril de 1684, como deberían haber previsto los vecinos, el pino se fue al suelo. Y casi derriba también la iglesia. Naturalmente, fue un milagro que no la tirase. Era el 3 de abril, un lunes de Pascua de Resurrección, del año 1684.

Pero el nombre de Pino Santo parece que le venía de antes, del año 1483, cuando un grupo de personas, tenía miedo de acercarse, dijo observar un resplandor que rodeaba el árbol. El obispo Juan Frías, más valeroso que los demás –o, tal vez, más puesto en el asunto de la aparición–, trepó personalmente al árbol y bajó una imagen de la Virgen María.

Dijo que la encontró en medio de los dos dragos (tres metros medía cada uno) que crecían entre las ramas del gigantesco pino. La imagen se denominó Nuestra Señora del Pino.

Para guardar la talla de la Virgen, se echó abajo una pequeña capilla que allí había y se construyó una

148

iglesia mayor en su honor. Pero no termina aquí esta curiosa historia popular.

Al lado del Pino Santo, brotó una fuente que tenía grandes propiedades curativas y hasta ella venía gente de toda la isla a bañarse en sus aguas para buscar la salud.

De esa peregrinación, los eclesiásticos obtenían cierto provecho, pues los peregrinos también entraban en la iglesia y dejaban algo de dinero. Sin embargo, hubo quien pensó que se debería recaudar algo más del prodigioso manantial. Pero, claro, a veces, la avaricia rompe el saco...

A un sacerdote se le ocurrió que si construía un muro alrededor de la fuente y le colocaba una puerta, se podría controlar mejor el flujo de limosnas.

Puso manos a la obra, construyendo un recinto para aislar la fuente, pero, ¡oh sorpresa!, el manantial se secó de inmediato y sus proyectos se vinieron abajo, haciendo bueno aquel refrán que dice: *Si te peleas con la fuente acabarás por morir de sed.*

El pirata Cabeza de Perro

Nació Ángel García en un pequeño caserío de pescadores, llamado Igueste de San Andrés, en la isla de Tenerife, donde todavía se encuentra el humilde hogar en que vio por primera vez la luz del mundo. Desde niño no pasó desapercibido, a causa de una deformación de su cráneo que llamaba poderosamente la atención.

Los padres de Ángel intentaron hacerle olvidar su deformidad porporcionándole cariño. Pero a la vez se avergonzaban de él y, durante un tiempo, trataron inútilmente de esconderlo de la vista de los escasos vecinos de pueblo. La crueldad de estos vecinos y las bribonadas de sus compañeros de juego hicieron que se le apodara Cabeza de Perro, nombre que no le abandonaría durante el resto de sus días.

Los niños del pueblo se burlaban de él y ninguno quería jugar en su compañía. Al principio, el niño se avergonzaba y se retiraba solito a su humilde casa. Pero, poco a poco, su apocamiento se transformó en agresividad. Al llegar a la adolescencia ya era famoso en la comarca de Anaga como un sujeto pendenciero y virulento. No había cumplido los diecisiete años, cuando decidió marcharse de la isla para encontrar su fortuna en el Nuevo Mundo. Hasta sus padres se alegraron de perderlo de vista.

Durante mucho tiempo, no se supo nada de él. Pero unos años más tarde, ciertos rumores se extendieron de casa en casa por los pueblos de las montañas de Anaga. Se decía que Cabeza de Perro había reaparecido. Un barco de vela enorme estaba en el puerto de la Orotava, cargado de aceite, marfil y esclavos negros. Los marineros eran un grupo de hombres broncos y violentos, con catadura de piratas, y su jefe era nada menos que Cabeza de Perro.

Dos días más tarde, apareció Ángel García en Igueste. Aquel jovenzuelo irritable de otros tiempos se había convertido en un guanchazo de hombros anchos y aspecto fornido. Con su cabeza deformada y sus ojos pequeñitos y nerviosos, que se clavaban en las pupilas de quien se atrevía a mirarle a la cara, producía verdadero terror. Su físico no parecía conciliarse con su manera galante y segura de moverse y de hablar. Su voz, clara y autoritaria, reveló que estaba acostumbrado a que los demás le respetasen y acatasen sus ordenes. Les contó a sus padres que tenía su domicilio en La Habana y que se había convertido en un famoso comerciante. También les dijo que realizaba muchos viajes de negocio al continente africano y al Caribe. Sus progenitores se quedaron contentos con las historias referidas por su hijo y rechazaron de manera firme los rumores sobre los oscuros negocios de Ángel García. Muy ufanos, enseñaron a todo el mundo los regalos que su hijo les había traído. Así murieron, orgullosos y contentos de su Angelito, el comerciante que tenía tanto éxito en la lejana Cuba.

Muchas veces, Ángel García hizo escala en Tenerife durante sus viajes al continente africano. En estas ocasiones, sus marineros se comportaban de tal manera que los vecinos no se atrevían a salir de casa. Los piratas provocaban peleas, violaban y robaban y cuando volvía a salir el barco de vela hacia el mar, la gente de la isla respiraba con alivio.

Paso a paso, las noticias procedentes de esa época y hasta los rumores que han llegado hasta nosotros, como piezas de un rompecabezas, nos van conformando un cuadro muy exacto de la personalidad de Cabeza de Perro. Su círculo de acción se encontraba, principalmente, en el Caribe, entre el Golfo de México y las Bahamas, pero, como ya se ha comentado, en varias ocasiones llegó en busca de aceite, marfil y esclavos hasta la costa africana. Su reino estaba en los mares y en ellos era uno de los piratas más temidos. Ángel era un tipo valiente hasta la temeraridad y dueño de una sangre fría que despertaba un respeto reverencial entre sus esbirros. Hasta su hermano de profesión, Amaro Pargo, habría estado orgulloso de él, si lo hubiese conocido. Jamás uno de sus hombres se atrevió a rebelarse en contra suya, porque la sola sospecha de pensamientos díscolos era suficiente para castigarlo de inmediato con la muerte. Su domicilio fijo estaba en La Habana. Allí tenía una casa donde montó un harén con ocho muchachas, todas esclavas, que debían servirle en todos sus deseos.

Ángel García era un hombre de rara inteligencia. Si alguien hablaba con él y se olvidaba de su extraña cabeza y de su cara de alucinado, podía pensar que se hallaba en presencia del caballero más educado del mundo. Siempre supo cuidar sus relaciones, las cuales eran excelentes con las más importantes autoridades coloniales de la Perla del Caribe. Les enviaba espléndidos regalos con frecuencia y, en el caso de que alguno intentara poner freno a sus correrías, lo chantajeaba hasta que desistía de sus propósitos. En repetidas ocasiones, sus buenas relaciones le salvaron el cuello.

En el barrio de San Lorenzo de La Habana, Cabeza de Perro poseía otra casa. En ella tenía montada una panadería. Se dice que en aquella vivienda guardaba un impresionante tesoro. Allí mismo, parece ser que se celebraban algunas reuniones políticas. Ángel simpatizaba con los movimientos independentistas y les ofrecía ayuda financiera. Así, con una mano ayudaba a Dios y con la otra, al diablo, porque en el Caribe nunca se sabía dónde empezaba el cielo ni en qué sitio terminaba el infierno.

Por la ciudad corrían rumores de que su cocinero, el mulato Plácido, mataba a niños en el sótano y hacía dulces con ellos. Jamás se aclaró si verdaderamente había algo de verdad en estos rumores o si se trataba de chismes que se difundían para alejar al pueblo de los criollos separatistas.

Donde el muerto mató al vivo

Casimiro y Francisco, dos jóvenes amigos que se querían como hermanos, vivían en La Gomera. Cada día ambos se sentaban juntos en el campo y hacían planes para el futuro, mientras su ganado pastaba en los alrededores. Practicaban el silbo y los saltos con astia sobre precipicios donde ningún otro pastor se habría atrevido a asomarse siquiera. Los dos amaban la tierra: caminaban y saltaban para descubrir los barrancos profundos, los valles agrestes, los montes de laurel y brezo: gozaban del oleaje salvaje en las playas del norte y del suave paisaje de las mesetas. Compartían como hermanos el gofio tibio, recién amasado en la zurrona, y el queso tierno, elaborado con la leche cremosa de sus cabras y ovejas. En las fiestas, dividían la carne delicada de los cabritos, acompañada de barrado y ñames, y, cada vez que tenían ocasión, se ofrecían olorosos bollos de helechera, recipientes llenos de miel de palma o cestas de madroños y mocanes. Nadie conoció en la isla una amistad mayor.

Así transcurrieron los años y, con ellos, la infancia. Los niños se hicieron adolescentes. Todavía salían juntos con sus ganados, todavía parecían inseparables.

Pero surgió María. La niña que siempre había pasado desapercibida se convirtió en una mujer hermosa de ojos inteligentes, grandes, verdes. Ojos insondables,

154

como los oscuros barrancos por donde resbala el agua cada invierno, que invitaban a plantar la punta del astia en el centro de los propios deseos y a despeñarse en la serenidad esmeralda de sus iris. Pocos hombres eran capaces de resistir su mirada sin que su corazón se desbocara.

María se enamoró de José y éste respondió a sus sentimientos. El enamoramiento obró un cambio en el carácter del joven: se fue haciendo cada día más introvertido, hablando menos, rehuyendo las confidencias con Juan. Es posible que este cambio se debiese a que José sabía que su amigo también estaba enamorado de María y temiera herir sus sentimientos si le contaba su aventura amorosa. Se hizo más y más corto de palabras con su amigo y muchas veces encontró disculpas para no salir al campo y así pasar más tiempo con María. Por miedo a herir los sentimientos de su amigo, no le contó su aventura amorosa.

Por su parte, Juan llevaba el ganado a los montes y pasaba el tiempo en soledad, sentado en la misma piedra donde antes permanecía tanto tiempo hablando con José, haciendo planes para el futuro. Se sintió injustamente engañado por el amor de su amigo, pero más le hirió su falta de confianza. Hasta entonces habían compartido toda la alegría y todas penas. A él también le gustaba María, pero ella sólo parecía tener ojos para José. Cuanto más tiempo pasaba caminando con el ganado por los montes, más se emponzoñaban los celos en su corazón. En realidad, ni siquiera sabía si tenía celos de José o de María. Poco a poco, Juan se endureció y el odio hacia su amigo creció como crecen las mareas en el mes de septiembre.

Precisamente, fue una tarde de otoño cuando los antiguos compañeros se encontraron por casualidad. Como otras veces, aquella luminosa mañana Juan llevaba horas sumergido en pensamientos sombríos. Cerca del mediodía apareció su amigo en una montaña vecina. José le silbó, feliz de encontrarse con él, y se acercó sonriendo y dando brincos con el astia.

Juan percibió una marea roja que le ascendía desde el pecho hasta los ojos. Sus oídos pitaban, incapaces de contener el tumultuoso fluir de la sangre alborotada. Cuando ambos estuvieron a unos metros de distancia, sus ojos congestionados sólo distinguieron a José como una figura borrosa, palpitante, convulsiva, igual que una alimaña maligna que avanzara hacia él con la intención de devorarlo. Entonces, se puso en pie.

Cogió su astia y dio unos pasos en dirección a su compañero de siempre. Éste le tendió la mano alegremente, pero no sintió el apretón cálido y amigable que esperaba. Por el contrario, un dolor agudo le atravesó el corazón. Ante sus ojos se agigantó la cara de Juan convertida en una grotesca máscara, deformada por el odio y los celos. Cayó al suelo contemplando cómo el amigo amado le desclavaba el astia del pecho y la sostenía en sus manos, con el regatón manchado de sangre. Se cerraron sus ojos, pero todavía pudo sentir la saña de Juan encarnizándose en su cuerpo, destrozándole los brazos, las piernas, la cabeza...

Juan respiró profundamente. Su rabia se diluía. Por fin se había vengado de todas aquellas humillaciones, que transformaron su vida en un infierno durante los últimos meses. Echó una última mirada sobre el cadáver, le propinó una patada para que rodase hasta quedar oculto dentro de una grieta, y emprendió el camino hacia el pueblo. Sosegadamente, recogió sus pocas pertenencias, se acostó en el humilde catre y, mucho antes del amanecer, emprendió el camino de San Sebastián. Tomó un vapor para Tenerife y, una vez allí, se las arregló para embarcar rumbo al Nuevo Mundo.

Muchos años pasó Juan en la emigración. Como era un hombre trabajador y perseverante para lograr sus fines, llegó a acumular cierta riqueza que le permitió regresar a su isla natal de manera decorosa. María se había casado con un pequeño comerciante. De tantos partos, su cuerpo se deformó y sus ojos perdieron el brillo de la juventud. Pero Juan no achacaba aquel desgaste de belleza a los años transcurridos ni a los vaivenes de la vida, sino a la conducta de José, a su distanciamiento y a lo que él consideraba como una terrible traición. Una traición que justificaba sobradamente lo sucedido aquel día, en aquella montaña. Todos en el pueblo, incluso María, pensaban que José también había subido a bordo de algún barco para ir a buscar fortuna, y que su vida se perdió o se extravió en algún punto de la inmensa tierra americana, como a tantos les había sucedido.

Pocos días después de su llegada, Juan se dirigió hacia las montañas. Caminaba por aquí y por allá, siguiendo los pasos de antes, brincando con el astia por los mismos atajos. El diablo o su conciencia lo llevó hacia el lugar donde había matado a su amigo. Se acercó a la grieta en que debían reposar los huesos y comprobó que aún continuaban allí los restos del muerto. Esa vista no le produjo ningún remordimiento. Al contrario. En su corazón se despertó la vieja rabia. Con fuerza, cogió el astia por el regatón y empezó golpear los huesos descarnados, blancos. Como un desquiciado, le gritaba insultos al muerto, mientras le manifestaba por qué lo odiaba tanto. En uno de los golpes, la punta del astia entró en un hueso y quedó aprisionada entre dos piedras. Juan intentó sacarla con sacudidas y tirones. Se tomaba este incidente como una nueva ofensa del difunto. Con tanta rabia y energía tiró del astia que, cuando la consiguió desprender, la punta metálica del regatón que sostenía entre sus manos se le clavó en el corazón.

Juan cayó mortalmente herido dentro de la grieta. Comprendió que había encontrado su última hora junto a los restos de José y todavía tuvo fuerzas suficientes para romper con sus manos tres o cuatro huesos de su amigo. Desde un paraje cercano, un joven pastor había contemplado la escena, sin atreverse a intervenir. Cuando llegó a la grieta, se fijó en que el cadáver de Juan aún conservaba los puños cerrados y que de ellos sobresalían algunos huesos rotos.

Esta grieta todavía existe en un lugar de los altos de La Gomera que los viejos pastores denominan "Donde El Muerto Mató al Vivo".

La legendaria Atlántida

«Adquiriría este mar la denominación de Atlántico por haber reemplazado el sitio que ocupaba antes de su ruina la famosa Atlántida de Platón? O, lo que es lo mismo, ¿se llamarían Atlánticas estas islas por ser como los fragmentos, reliquias y porciones más elevadas de aquella infeliz tierra? Yo no me atrevería a hacer estas preguntas, si el diálogo Critias o el Timeo del mismo Platón estuviese absolutamente convencido de fabuloso, y si no hallase hombres de sana crítica, inclinados a darle asenso y a discurrir acerca de él con toda seriedad. Este filósofo, pues, que fue un autor de admirables prendas, y que por su carácter sincero, penetrativo y grave está reputado generalmente por amante de la verdad, y aun se le dio el renombre de Divino, introduce en el citado diálogo las noticias que en orden a la Atlántida había adquirido Solón por el conducto de los sacerdotes de Egipto, quienes conservaban las memorias de su existencia y destrucción. Dice, pues, que aquella grande isla estaba a pocos días de navegación de las Columnas de Hércules; de forma que sin repugnancia se puede inferir del uso de esta expresión que tendría la misma distancia de Cádiz que tienen las Canarias. Píntala extremamente poblada de una colonia de egipcios, establecida allí por Osiris bajo del gobierno de su nieto Neptuno, quien cedió el reino de toda la isla a Atlas, su hijo mayor. Y después de haber hecho una amplia descripción de esta tierra y de las proezas de sus armas, concluye diciendo que el mar la había absorbido, ya por irrupciones o diluvios, o ya por temblores y volcanes.

Algunos críticos delicados que, cuando pasan por la vista esta relación, se encuentran con un tejido de circunstancias que les parecen puramente inventadas por gusto, y que, después que les hace entrar en desconfianza la misma indulgencia que a sus oyentes pide Critias para principiar la narrativa, reconocen que desde el imperio de Neptuno en la Atlántida hasta el tiempo de su catástrofe no se contaban menos de nueve mil años, se han determinado a dudar de su existencia, y a creer que Platón, depuesta la circunspección filosófica, quiso esta vez divertir a sus discípulos con una novela o una ficción bien discurrida: nimia cautela, de que no sólo estuvieron distantes los filósofos más instruidos que sucedieron a Platón, después que aquella noticia se hizo pública, sino que la defendieron siempre con la mayor tenacidad. Crantor, académico de singulares créditos y el primero que comentó a Platón, aseguró a todo el mundo que la historia de la Atlántida era verdadera. Lo mismo sostuvieron en sus escritos Proclo, Plotino, Juan Serres y Marcilo Ficin. Es verdad que Tertuliano parecía haber dudado de esta especie en su Apologético y en el libro del Manto, pero sus pasajes fueron restituidos a su legítimo sentido por Adriano Turnebo y explicados por Pamelio tan exactamente, que no es fácil usar de la autoridad de aquel padre contra la doctrina de Platón.

Y aunque es cierto que ningún escritor anterior a este filósofo había hablado de un suceso tan memorable, quizá provendría de que, como la subversión de la isla Atlántica sólo pudo observarse desde nuestras costas africanas, era también regular que sólo girase la noticia por esta región hasta penetrar a Egipto; de manera que si sus hierogramatismas o sacerdotes, por obligación o curiosidad, no la hubiesen conservado en sus anales, y no se hubiese hallado posteriormente un europeo, amante de tales monumentos, que lo tomase de ellos, jamás se hubiera divulgado por la Grecia, y se quedaría aquel acontecimiento en el mismo profundo olvido en que se habrán sepultado otros innumerables.

Sin embargo, no parece que fue tan general como se pretende el silencio de los autores. Proclo cita el testimonio del historiógrafo etíope Marcelo, quien dio a entender la pérdida de la Atlántida antes que Platón; y Madama Dacier, en su traducción del libro V de la Odisea, nota que desde el tiempo de Homero ya estaba recibida la tradición de la isla Atlántica. Hornio piensa que la memoria de un gran diluvio que se conserva entre los americanos fue el mismo que arruinó la Atlántida, según afirmaban los sacerdotes de Egipto.

Aquellos que han desconfiado del alálogo Critias, por lo mismo que prepara con todo estudio el ánimo de los oyentes, a fin de que no dejen de dar entero crédito a su relación, no tienen todo el peso de razón que se imaginan; y Ficín les saca del escrúpulo, haciéndoles ver que siempre que Platón introducía alguna ficción en sus obras, conforme al método de los filósofos egipcios, les daba abiertamente el nombre de fábulas, lo que no hizo cuando trató sobre la presente materia, pues sólo previno lo que el historiador más exacto hubiera prevenido, esto es, «que aunque parecieran cosas admirables y extraordinarias las que oirían, eran verdaderas.

Desde la época de esta insigne revolución hasta el tiempo en que Solón tuvo su conferencia con los sacerdotes egipcios, habrían pasado sin duda muchos siglos; y esto es lo que deben figurarse cuantos quisieren comprender el verdadero valor de los nueve mil años del cómputo de Critias. Cuando se sujetare a cálculo esta suma increíble, hallaremos que se traduce a poco más de 760 años, según el citado Ficín, porque en Egipto se contaba el año eclesiástico por lunas; y cuando no, debe sólo mirarse como una jactancia propia de la común manía de aquella nación, que no despreciaba ocasión de venderse por la más antigua del mundo. Los primitivos andaluces o turdetanos decían que sus leyes contaban seis mil años de antigüedad: ¿se afirmará por eso que estas leyes eran soñadas? Sabida es la portentosa antigüedad que se han atribuido chinos y caldeos.

Así el P. Atanasio Kircher, que había penetrado como nadie la quimera de aquellas gentes, y Cristiano Becman, hombre de conocida literatura, no hallaron tropiezo en este cómputo para tomar partido por la existencia y destrucción de la Atlántida. Y a la verdad que cuantos fijamos los ojos sobre nuestras islas y observamos sus arranques, sus quiebras, sus costas, sus divisiones y demás circunstancias, y que al mismo tiempo nos hallamos con una noticia nada repugnante de la existencia de otra tierra más amplia en este propio sitio, necesitaríamos demasiada firmeza para no rendirnos al peso y a la naturalidad de aquella opinión. ¿Y por qué no nos sería lícito a nosotros asegurar lo que, después de un maduro examen, afirmaron Kircher y Becman? Que no siendo las Islas Canarias y las de las Azores del Océano Atlántico, a lo que muestran, otra cosa que cumbres de unos montes muy altos, es extremamente verosímil que fuesen las partes más sólidas y eminentes de la tierra Atlántica; al paso que las colinas más humildes, los valles y planos intermedios fueron tragados por causa de algunos terremotos y diluvios, quedando el campo de batalla por las aguas del mar.

Preocupados nuestros autores de esta imaginación filosófica, no dudaron darle todavía más cuerpo a fin de hacerla perceptible, tomándose el trabajo de delinear una breve carta de la isla Atlántica y componiendo sus cumbres y partes más sólidas de nuestras Canarias, de la Madera y de las Azores, con la proporción que probablemente tendrían respecto a las costas adyacentes de Europa, África y América. «A la verdad (dicen los eruditos autores de la célebre Enciclopedia) las islas Canarias son un resto de la famosa Atlántida de Platón».

Los anales de Persia contaban 473 años hasta Alejandro. Siendo diversas las causas a que se puede atribuir el considerable trastorno de una porción del orbe terráqueo, cualquiera que pretendiese señalar decisivamente aquella que llegó a subvertir la isla Atlántica, sin duda que aventuraría demasiado su juicio, ¿pero qué?, ¿le habrán de errar todos, si se discurre con variedad? Ignoro la fortuna que tendrá el sistema de Monsieur de Tournefort. Este naturalista, en su célebre Viaje al Levante, supone, arreglado al testimonio de Diodoro de Sicilia y de otros antiguos, que el Mar Negro o Ponto Euxíno no era en lo primitivo más de un lago, sin comunicación con el mar de Grecia; que, habiendo recibido en el transcurso de muchos años el agua de los mayores ríos de Europa y Asia, se aumentó, de suerte que, abriéndose camino por el Bósforo, se echó impetuosamente en el Mediterráneo (que también había sido hasta entonces otro lago), el cual creció de modo que se hizo un gran mar, y rompió con violencia por el estrecho de Hércules, hasta sumergir la infeliz isla Atlántica, que encontraba más baja, salvándose para eternos testigos de la derrota algunas eminencias de sus montes se había desmoronado y precipitado al abismo. Sin embargo, cuando se hicieren de más cerca algunas observaciones tranquilas sobre la estructura exterior y la composición de las entrañas de nuestras islas, acaso se pensará de distinto modo, y se preferirá el fuego al agua en el exterminio de la Atlántida de Platón. Nada exagerará el que afirmare que en las Canarias se dan muy pocos pasos sin que se encuentren los más claros vestigios de una conflagración poderosa que, obrando activa y tenazmente, alteró en gran parte la estructura de su primer estado. Lo cavernoso del terreno, lo intrincado de sus bajíos, lo alto de sus costas cortadas a plomo, lo desigual de su superficie a causa de los innumerables cerros, colinas, barrancos, avenidas y montes; todos de piedra quemada, cascajo, pómez, arena, lava y otras materias fundidas, calcinadas o vitrificadas, y sobre todo el gran Pico de Tenerife, monstruoso parto de algunas erupciones de volcán y continuo respiradero de humo, azufre y otras especies combustibles y subterráneas, todo esto, unido a lo que examinaremos en lugar más propio, ¿no nos está ofreciendo pruebas nada equivocas de la terrible revolución que sobrevino a nuestra tierra desde cierto tiempo inmemorial?»

José de Viera y Clavijo

Aparición de la Virgen de Candelaria

Sur de Tenerife, menceyato de Güímar, año 1390.

Dos pastores del mencey Acaymo iban cuidando sus cabras por la desembocadura del barranco de Chinguaro cuando uno de ellos se fijó en una imagen femenina con un niño en brazos que destacaba sobre la arena de la cercana playa. Tras haberle hecho señas de que se fuese de allí para que no asustara a las cabras, vio que no se movía y decidió acercarse. La perfección de los rasgos de la estatua, unida a los extraños ropajes, le hizo pensar que era una aparición que entrañaba peligro para su ganado y su instinto le llevó a coger una piedra del suelo e intentar arrojarla contra la *intrusa*.

Sin embargo, su brazo quedó en alto, paralizado, sin que sus dedos agarrotados pudiesen soltar la piedra. Su compañero supuso que algo extraño estaba sucediendo y, tomando otra piedra afilada, se propuso cortar un dedo de la imagen, para ver si era de madera o bien estaba hecha de materia viva. Curiosamente, cada vez que lo intentaba, se le resbalaba la piedra y eran sus propios dedos los que resultaban dañados, de modo que tuvo que desistir de su empeño. Solamente les quedaba una alternativa: marcharse. Ir a contar este hecho extraordinario al mencey.

Cuando Acaymo fue a visitar a la estatua, le acompañaban los dos pastores. El mencey ordenó al guanche herido que tocase la imagen y, ¡oh, maravilla!, las lesiones de su mano sanaron al instante. Luego llevaron la figura hasta las cuevas del mencey y allí continuaron contemplándola, maravillados de su belleza.

Más adelante la trasladaron a la cueva de Achbinico, cerca de la playa. Unos cuarenta años después, se enteraron de que aquella imagen era la Virgen María, por boca de un muchacho, llamado Antón, que había sido hecho cautivo por los españoles y se les había escapado. A partir de entonces llamaron a la imagen *Chaxiraxis*, es decir, la Madre del que sustenta el mundo.

La Virgen de la Candelaria permaneció en aquella gruta hasta el año 1826, fecha en que, arrastrada por un temporal, fue devuelta al mismo mar que la había traído.

Así cuenta la aparición Viera y Clavijo:

«Dicen, pues, nuestros historiadores que en los últimos años del reinado de Acaimo, rey de Güímar, guiando cerca de la noche dos pastores vasallos suyos sus rebaños a lo largo de aquellas playas de arena, que llaman de Chimisay y las forma la embocadura del barranco Chinguaro, reconocieron que la manada se había espantado repentinamente y que, sin obedecer al silbo ni a las piedras, remolinaba y resistía a pasar adelante. Al punto entendieron que algún objeto extraordinario causaba aquella novedad; y no se engañaron, pues sobre un pequeño risco que se levantaba casi a la mismo lengua del agua divisaron la figura de una mujer que tenía en los brazos un niño; mas como imaginaban que, según la costumbre de su país, no debían dirigirle la palabra, por ser prohibido a los guanches hablar a ninguna mujer en paraje desierto,

166

creyeron precisa la atención de hacerla algunas señas, a fin de que se apartase de allí. Y observando que, sin embargo, no trataba de darles gusto, se encendieron en ira de tal modo, que (según las historias) uno de los pastores, de genio más osado, tomó una piedra e intentó arrojársela con toda la violencia posible; pero véase aquí (dicen) que dislocándosele el brazo por la articulación del hombro, no pudo ejecutar el tiro. Este accidente ya les hizo entrar en más cuidado, y empezaron a mirar con algún asombro el traje, la fisonomía y la traza de la nueva mujer, de manera que queriendo el otro compañero, que se le había acercado temblando, herirla con una tabona los dedos de la mano, para certificarse si aquel bulto era criatura viviente, refieren que se cortó los suyos. Este conjunto de maravillas hizo tal impresión en el espíritu de unos hombres como los guanches que, abandonando sus hatos al espanto y la soledad, marcharon con la mayor prisa a la habitación del rey Acaimo, que estaba cerca, a quien hallaron en su tagóror y le refirieron aquella novedad inaudita. Acaimo, estimulado de la curiosidad y seguido de toda su corte, corrió sin pérdida de tiempo a las playas de Chimisay, donde quedó sobrecogido de admiración a vista de la imagen, no pudiendo comprender cómo una figura insensible tuviese tanta similitud con una verdadera mujer.

Al instante determinó que la llevasen a su palacio; pero, aterrados todos los bárbaros con el temor de lo sucedido, no hubo ninguno tan dueño de sí mismo que se atreviese a echarla mano. Se dice que los dos pastores se aventuraron a tocarla por último y que sanaron inmediatamente el uno de su brazo y el otro de los dedos. Entonces Acaimo, que estaba cada vez más atónito, no quiso que otras espaldas que las suyas tuviesen el honor de sustentar aquel objeto milagroso; pero añaden que, habiendo caminado con la imagen un tiro de fusil, iba tan sobresaltado, que se sintió sin fuerzas y pidió socorro a la comitiva. Acudieron todos de tropel y condujeron de este modo el simulacro hasta el real sitio de Chinguaro, en donde le colocaron sobre unas limpias pieles.

Dícese también que Acaimo despachó al día siguiente aviso a Bentenuhya, rey de Taoro; que este príncipe pasó a los estados de Güímar, escoltado de 600 hombres; que allí esperó a los reyes de Naga, de Adeje, de Tegueste y de Tacoronte, y que en este congreso se acordó debía venerarse aquella imagen en una habitación separada, señalándose el valle de Igueste para pasto de los ganados que la ofreciesen. El rey de Güímar hizo al de Taoro el cumplimiento de que, si gustaba ilustrar sus posesiones con el nuevo huésped, le cedería cada seis meses sus derechos, a que respondió Bentenuhya que, aunque apreciaba tan generosa oferta, no le era licito aceptarla contra el gusto de la que en su aparición había preferido los estados de Güímar a los de Taoro.»

Hupalupu

En el siglo XV, el Señor de La Gomera era Fernán Peraza el Joven. Sus abusos llevaron a los habitantes de la isla a tramar un plan para deshacerse de su tiranía. En esa confabulación entraba Iballa, la joven aborigen más bella, que debía entregarse a Peraza para que su pueblo pudiese llevar a cabo sus fines.

Fernán Peraza, acompañado de su escudero y de su paje, caminaba hacia Guahedum, bajo un sol implacable, vestido con sus aderezos de guerra, aunque sus pensamientos estaban lejos de los campos de batalla. Como un ascua incandescente estaba incrustada en el centro de su cerebro la imagen que le obligaba a avivar el paso, la efigie impenetrable de Iballa, la dulce, joven y fascinante Iballa que había inundado integramente los intersticios de sus deseos. «Allí, en su cueva fresca, pensaba, me estará esperando en un lecho de suaves pieles de cabrito y flores olorosas. Tiene que estar anhelante de acariciarme, persuadida por los consejos de la vieja bruja».

-¡Vamos, aligeremos la marcha, que casi es la hora convenida! -dijo, dirigiéndose a sus sirvientes que ya sabían la clase de negocio que iba a tratar su señor.

No mucho tiempo después, cansados y sudorosos, llegaban a un lugar situado cerca de la vivienda de Iballa. Casualmente, era el mismo sitio donde Hupalupu fue maltratado unas semanas antes. Peraza se sentó en una piedra y, riendo, comentó:

-Descansaremos un rato, no deseo entrar en lides amorosas con el resuello perdido.

Sus hombres corearon las carcajadas.

-Vosotros dos -prosiguió- me aguardaréis en otra cueva hasta que yo termine mis menesteres con la mozuela.

-Pero, señor -intervino su escudero-, ¿no sería más conveniente que nos quedásemos guardando la entrada de la gruta que vos uséis y os protejamos adecuadamente?

-Esta vez no quiero mirones cerca -cortó tajante el dueño de la isla-. He dicho que os meteréis en otra y no admito discusiones. Me basto y me sobro para defenderme de Iballa.

Zanjado este punto y repuestas las fuerzas, continuaron hasta la cueva. Allí les recibió la anciana curandera.

-Sé bienvenido, mi señor -saludó-, todo está conforme a como habíamos convenido. Iballa te espera con el gánigo de la hospitalidad listo parta que sacies tu sed.

-No sería caballeroso hacerla esperar -respondió Peraza mientras se dirigía a la entrada-, así que acudo presto a su lado. Y, vosotros dos, ya sabéis, al agujero de al lado y no aparezcáis hasta que no os llame.

Sin hacerse repetir la orden, paje y escudero entraron donde su señor les ordenaba, al tiempo que éste iba al encuentro de Iballa. Nisa se fue por una vereda, a la derecha, y levantó la mano, a manera de señal. De inmediato, varios hombres se irguieron y avanzaron en dirección a ella que, cuando estuvieron a su lado, les susurró:

-Ya está dentro... y sus criados se metieron en la otra cueva.

Con Hautacuperche a la cabeza, el grupo de gomeros se dirigió con rapidez a la vivienda. Todos iban bien armados, con afiladas piedras y varas tostadas. Unos metros antes de la entrada, el joven pastor de Aseisele se desvió de sus compañeros y subió hasta situarse sobre la boca de la cueva. Los demás se colocaron frente a la misma. En ese momento Hautacuperche dejó caer una pequeña piedra sobre el patio.

Iballa, sintiendo el ruido de esta señal convenida de antemano, puso la cara tan horrorizada como pudo y, con voz temblorosa, dijo al señor de La Gomera:

-¡Huye, señor, huye pronto!

Peraza, que se había terminado de quitar su ropa y se disponía a entrar en el lecho con la bella gomera, la miró con estupor:

-¿Qué te ocurre, muchacha?

-Mis parientes de Mulagua deben haberse enterado de nuestro encuentro, señor, y quieren matarte.

Esta vez sus palabras surtieron el efecto deseado y Fernán, cuyo nombre a tantos aterrorizaba, sintió miedo. Ella le urgió:

-¡Vístete con estas ropas de Nisa y podrás huir sin que nadie te reconozca!

Decidiéndose a seguir los consejos de la joven, se metió rápido dentro de los vestidos de la anciana y se dirigió a la salida. Una vez allí, se encontró frente a cinco hombres que lo miraban con fiereza. Reparando en que había olvidado su espada junto a Iballa, regresó a por su arma y salió a abrirse paso entre los rebeldes.

No llegó a dar dos pasos. Hautacuperche, con un terrible grito de guerra, empuñando su hasta con las dos manos, la arrojó sobre el tirano. Los dos palmos de acero se hundieron en la nuca del que tantas muertes tenía sobre su conciencia, derribándole sin vida.

El ruido alertó al paje y al escudero, los cuales salieron con sus armas en la mano. De inmediato dos hombre se adelantaron hacia ellos con los palos levantados, mientras los demás aguardaban el desenlace, sin soltar las piedras de la mano. El choque de las armas fue brutal y, contra lo que hubiese esperado alguien poco conocedor de la dureza de algunas varas de lucha, éstas no se rompieron al encontrarse con el metal, ni la habilidad de los extranjeros fue capaz de frenar la potencia y destreza de los gomeros que en escasos minutos dieron en tierra con ellos, muertos igual que su señor.

Desde su elevada posición los ojos de Hautacuperche recorrieron la escena; Fernán Peraza el Joven yacía boca arriba, ensartado en el hastia y con los ojos desmesuradamente abiertos, cual si viese juntas todas las atrocidades cometidas; muy cerca de él, sus dos criados se desangraban inmóviles por las grandes heridas que los palos abrieron en sus cabezas; los gomeros miraban, alternativamente, hacia los cadáveres y al lugar en que él mismo se encontraba, al tiempo que por la vereda se acercaban Hupalupu y Nisa, mientras que Iballa, envuelta en pieles y con la majestuosidad de una diosa, salió de la gruta sonriente, se acercó al cuerpo del que pretendió ser su amante y le escupió en la cara.

-¡Da la señal, hijo, ha llegado la hora de nuestro pueblo! -gritó el anciano de Mulagua cuando llegó a la entrada de la gruta y se hizo cargo de la situación.

El pastor de Aseisele se llevó dos dedos a la boca y silbó con toda la potencia de sus pulmones:

-¡Ya se quebró el gánigo de Guahedum!

El silbo cruzó el aire, rebotó en un roque y siguió dando tumbos por los barranco, y, antes de que el sonido fuese devuelto por el eco, ya otro gomero lo estaba repitiendo, y así de montaña en montaña, de valle en valle, la noticia se extendió con rapidez por la isla. El gánigo estaba roto y, una vez más, los desafortunados habitantes de La Gomera tentaban al destino.

Bibliografía

Abreu Galindo, Juan: *Historia de la conquista de las siete islas de Canaria*. Goya Ediciones, Santa Cruz de Tenerife, 1977.

Allan Poe, Edgar: *Una historia de las Montañas Ragged*. Periódico Txt, Islas Canarias, Nº. 1, mayo de 2003.

Benito Ruano, Eloy: *La leyenda de San Borondón*. Octava isla. Casa Museo de Colón / Seminario de Historia de América de la Universidad de Valladolid, Valladolid, 1978.

Berthelot, Sabino: *Etnografía y anales de la conquista de las Islas Canarias*. Goya Ediciones, Santa Cruz de Tenerife, 1978.

Bethencourt Alfonso, Juan: *Historia del pueblo guanche*. Francisco Lemus Editor, La Laguna, 1994.

Blome, Lisa: *Die schönsten Sagen und Legenden der Kanarischen Inseln*. Editorrial Globo, Islas Canarias, 2001.

Darias Padrón, Dacio V.: *Historia de la religión en Canarias*. Editorial Cervantes, Santa Cruz de Tenerife, 1957.

D'Avezac, Marie Armand Pascal: *Historia de las islas del África*. Editorial Globo, Islas Canarias, 1999.

Glas, George: *Descripción de las Islas Canarias, 1764.* Instituto de Estudios Canarios, La Laguna, 1976.

Lobo Cabrera, Manuel et alt.: *Textos para la Historia de Canarias.* Ediciones del Cabildo Insular de Gran Canaria, Las Palmas de Gran Canaria, 1994.

Madoz, Pascual: *Diccionario geográfico-estadístico-histórico de España y sus posesiones de Ultramar.* Edición facsimilar, a partir de la edición impresa en Madrid entre 1845-1850. Ámbito Ediciones, Valladolid, 1986.

Marín de Cubas, Tomás: *Historia de las Siete Islas de Canaria.* Editorial Globo, La Laguna, 1993.

Mora Morales, Manuel: *El corazón de La Gomera.* Editorial Globo, Islas Canarias, 2002.

    Iballa. Editorial Globo, Islas Canarias,1986.

    Las Décimas del Conde de La Gomera. Armonía Verde, Islas Canarias, 1981.

    Leyendas Canarias, tomo I. Editorial Globo, Islas Canarias, 1997.

    Leyendas Canarias, tomo II. Editorial Globo, Islas Canarias, 1997.

    La leyenda de Gara y Jonay. Editorial Globo, Islas Canarias, 1995.

    Gran Canaria paso a paso. Editorial Globo, Islas Canarias, 1995.

    El libro de las leyendas canarias. Editorial Globo, Islas Canarias, 2003.

Padrón Acosta, Sebastián: *Poetas canarios de los siglos XIX y XX.* Aula de Cultura de Tenerife, Santa Cruz de Tenerife, 1966.

Platón: *Diálogos*. Editorial Bruguera, Barcelona, 1984.

René Verneau: *Cinco años de estancia en las Islas Canarias*. Ed. J.A.D.L., La Orotava, 1987

Rumeu de Armas, Antonio: *España en el África Atlántica*. Tomo I. Ediciones del Cabildo Insular de Gran Canaria, Islas Canarias, 1996.

Torriani, Leonardo: *Descripción de las Islas Canarias*. Cabildo de Tenerife, Santa Cruz de Tenerife, 1999.

Urtusáustegui, Juan Antonio de: *Diario de Viaje a la Isla de El Hierro en 1779*. Centro de Estudios Africanos, La Laguna, 1983.

Verneau, René: *Cinco de años de estancia en las Islas Canarias*. Ed. J.A.D.L., La Orotava, Tenerife, 1987.

Viera y Clavijo, Joseph de: *Noticias de la Historia General de las Islas Canarias*. Goya Ediciones, Santa Cruz de Tenerife, 1982.

9 798749 323566